李小雨

李小雨诗选

李小雨 著

Lixiaoyu Shixuan

线装书局

图书在版编目（CIP）数据

李小雨诗选 / 李小雨著 . -- 北京 : 线装书局，
2015.5
　ISBN 978-7-5120-1808-2

　Ⅰ . ①李… Ⅱ . ①李… Ⅲ . ①诗集—中国—当代
Ⅳ . ① I227

中国版本图书馆 CIP 数据核字 (2015) 第 080092 号

李小雨诗选

作　　者：	李小雨
责任编辑：	李　琳　张妍文
装帧设计：	王文龙　白　晨
出版发行：	线装書局
	地　址：北京市西城区鼓楼西大街 41 号（100009）
	电　话：010-64045283（发行部）64045583（总编室）
	网　址：www.xzhbc.com
经　　销：	新华书店
印　　制：	北京七彩京通数码快印有限公司
开　　本：	710mm×1000mm　1/16
印　　张：	18.5
字　　数：	180 千字
版　　次：	2015 年 5 月第 1 版第 1 次印刷
印　　数：	0001-3000 册

定　　价：38.00 元

飘逝的红纱巾
——悼念李小雨

张同吾

春节即临的时候，小雨猝然离世，令所有的文朋诗友震惊，霎时电波挟带着哀情弥漫了我的全部时空，正如洪波所说"春未归来小雨去"，充满了痛惜和悲惋！我是第一时间闻此噩耗的，她的先生高鉴急促赶来，开门见山相告，我呆然木然，头脑一片空白，少顷才与他相拥而泣！

小雨重疴在身已有年余，我和程步涛、曾凡华只见她日渐消瘦和憔悴，只知道她不断住院去抽腹腔中的积液，一直拖着虚弱的身躯坚持工作。到了夏末秋初时，她的声音已很微弱，且不能正常进食，却作为鲁迅文学奖的评委住在宾馆开会审稿。那时，我们都有一种不祥的阴云笼罩心头，只是谁也不肯明示。入冬之后，她去参加"将军诗词丛书"首发式暨座谈会，竟然做了长篇发言，对十位将军诗人的作品一一予以点评，而且声音洪亮有底气。2月3日，我们还在一起开会，她穿了一件浅黄色的款式新颖的羽绒服，围着花头巾，我同她开玩笑，夸奖她终能与时俱进服饰还挺时尚。她淡淡一笑，轻声说："进步了嘛。"我仿佛看到了生命的曙光而为之欣喜。她去世后，我在脑际回放这个瞬间的定格，才感觉到在她的笑容里隐藏着内心巨大的痛苦。2月8日，我与她通电话，她说住院了，我仍未在意，因为年来月月如此，竟没想到三天后她便撒手人寰！天不假年，人该奈何！2012年4月25日，中国诗歌学会换届，迄今未满三年，而雷抒雁、韩作荣和李小雨三位继任者都相继病逝，令人惊绝长叹。

　　这三位杰出诗人的艺术风格相迥异，却都是才华纵横、成就卓著。小雨有极其敏锐、细密而又精到的艺术感觉，她所营造的意象符号新颖鲜活，包蕴着美妙的情思和丰盈的内涵，有时像春风流云般清新柔曼；有时像五彩虹霓般美轮美奂；有时像宏阔的朗天气象高远；有时像奔涌的江河惊涛拍岸，如此的多彩多姿灵动变幻，让人美不胜览。她在20世纪80年代中期出版的诗集《红纱巾》，曾荣获中国作协第三届优秀新诗集奖，她的那首代表作《红纱巾》写于1980年她29岁生日，浓缩了一代人的历史命运和心路历程："这些年，／风沙太多了，／吹干了眼角的泪痕，／吹裂了心"，而随着历史的苏醒也唤醒了一代人的青春，她说"红纱巾。／我看见夜风中／两道溪水上燃烧的火苗，／那么猛烈地烧灼着／我那双被平庸的生活／麻木了的眼神。／一道红色的闪电划过，／是青春的血液的颜色吗？／是跳跃的脉搏的颜色吗？／那，曾是我的颜色呵"，此时正是一个崭新时代的早晨，"那闪烁着红纱巾的艰辛岁月呵，／一起化作了／深深的，绵长的柔情"，"祖国呵，／我对你的爱多么深沉，／一如这展示着生命含义的纱巾"，"今天，大雪纷纷。／我仍要向世界／扬起一面小小的旗帜，／一片柔弱的翅膀，／一轮真正的太阳"。她赋予红纱巾以象征，将深刻的历史感悟与强烈的生命意识融于一体，是新时期出现的最早的朦胧诗之一，却不艰涩和怪异，洪波因此赞誉她是"朦胧诗丛清醒人"。时隔30多年重读这首诗,仍会让人心热血热,感奋不已。2009年,我受对外友协的委托,主编一本《中国现代诗选》(中俄双语版),遴选了新诗百年中自郭沫若至海子的30位著名诗人的60首诗,作为献给俄罗斯汉语年的重要礼品,其中就有李小雨的《红纱巾》和《陶罐》。翌年10月,陈昊苏率领一个庞大的代表团飞往莫斯科,出席这部诗集的首发式。小雨在会上朗诵了她的《红纱巾》,当场没有翻译,俄罗斯的朋友们从鲜明的节奏、和谐的音韵和她甜美的声音里,感受到中国诗歌独有的魅力,掌声如潮。

　　随着文化视野的开阔,小雨的诗愈来愈深邃凝重,愈来愈跳脱空灵,几年前在常熟诗歌大赛中,小雨的组诗《大美常熟》脱颖而出,力克群雄荣获第一名,当时我作为评委有幸先读,真有叹为观止之感。那首《夜听古琴独奏〈广陵散〉》,把听觉、视觉、感觉和幻觉融为一体,把时间与空间、抽象与具体、暂时与永恒都衍化为一片文化圣境:"他用指尖初试着／小浪拍岸,水浅水深／然后,一个音,一个音／悠远而古老／空茫中若高山流水,空谷足音／有乌云遮日,有壮士披发打铁／敛天地之悲壮聚在砧上／铸歌哭只在掌心的一瞬／风吹,草劲,强权,反抗／猛然间,一道强音如剑飞来／横在咽上,又戛然而止／仿佛失落狂野的那柄短刃／冰冷、战栗、寒光闪闪",她又从历史回归现实,千年古曲琴碎弦断,历史名城业已坍塌,"问操琴人,今夜,一把古琴／又如何穿透千年风雨,铸魂?／又如何让心中热血／流下暗红色的绝响和指纹／丝丝缕缕,烫我们的心"如此冷峻又如此炽热,如此细柔又如此悲壮。只有大手笔才会有这样的大回环、大腾跃、大切割、大变幻;

只有深切地热爱时代、热爱生活,且有深厚文化底蕴的诗人,才会有对文化传承的深切关注,才会如此魂飞梦萦、意惹情牵!

　　李小雨又是一位优秀的诗歌活动的组织者,为促进诗歌繁荣做出了可贵的奉献。我不会忘记1993年那个秋季,我与她从武汉乘夜车返京,我突发灵感,想到应该创建一个全国性的诗歌学术团体,以团结全国诗人、诗歌评论家、诗歌编辑家、诗歌翻译家和广大诗歌爱好者,全面贯彻党的文艺方针,开展丰富多彩的诗歌活动,传播创作信息、进行学术交流、培养诗歌新秀、出版诗歌佳作。这个想法得到她的赞同。车厢内已经熄灯,我们还在滔滔不绝地倾谈,车轮滚动的巨大声响伴着我们激越的心音。回京之后我们便四处奔走八方呼吁,得到艾青、臧克家、邹荻帆、张志民、李瑛的赞同和参与,得到中国作协的热情支持并提出建会申请。翌年5月,经中宣部批准,在民政部登记注册,中国诗歌学会正式成立。我和小雨经历了初创时期的艰辛和曲折,所谓甘苦寸心知。由于吉狄马加的参与策划,由于黄怒波的鼎力相助,由于李小雨、桑恒昌和祁人三位副秘书长的精诚合作,由于全国诗友的热情支持,方有了诗歌学会发展历程中的峥嵘岁月。小雨参与组织了为纪念建党80周年而举办的"东方之光"大型诗歌朗诵音乐会,这是几十年来诗歌活动首次进入中南海,为诗歌赢得了巨大声誉;相继又为纪念抗日战争胜利60周年举办了"拥抱太行"大型诗歌朗诵音乐会,以及"西部之声"、"生命之源"、"诗意华山"等诗歌朗诵音乐会,经央视一一录播,在全国产生了广泛的影响。她还参与组织了"中坤杯·艾青诗歌奖"、"屈原诗歌奖"、"徐志摩诗歌节暨诗歌奖"

等多种大型诗歌活动，主编了"雍和典藏"诗丛，主持了多场诗歌学术研讨会，为中国诗歌学会的建设和发展倾注了自己的心血。她还曾参与组织和筹备由诗歌学会举办的三次中日韩三国诗人大会并随团出访，又参与组织和筹备由中国和巴基斯坦、塔吉克斯坦、乌兹别克斯坦、吉尔吉斯斯坦五国诗人出席的"中亚五国诗会"。这些重大的诗学活动，已成为中国当代诗史的华彩乐章。

时光荏苒，我和小雨已相识30年，一起为开展诗歌组织工作合作了20年，可谓相知甚深。回望过往的岁月和她亲切的笑容，真是"锦瑟无端五十弦，一弦一柱思华年"，也欣然也怅然。在这20年间，我与她一起去采风、开会，从学校到军营，从城市到农村，从长江到珠江，从华山到黄山，在祖国辽阔的大地上回荡着诗的真音。不会忘记在库尔斯克的街头压压板，不会忘记在首尔的公园荡秋千，不会忘记在彼得堡开往莫斯科的夜车上久久欢谈。当然，更多的是坐而论道、直声相鉴。小雨善良、厚道，埋头工作、低调做人。但是，人无完人，每个人都有局限，李瑛老师说她太单纯，无法应对复杂的人际关系，她本人多次向我倾诉种种矛盾在心中的纠结，时时感到身在茫茫人海中却有无法排解的冷寂孤独。我感谢她对我的信任，人前背后总是以师相敬，以"您"相称。我对她既有热情的赞扬，又有诚恳的规劝：许多事不都归咎客观，也不都源于主观；处世要大气，该坚守的要坚守，该舍弃的要舍弃；对人要包容，处友要长远，主事要决断；该清醒时清醒，该糊涂时糊涂；要躲避是非，淡化矛盾，讲和谐，不结怨，人间多少事相逢一笑化云烟。这些话是耶非耶？君已无言。20年说长也长，说短也短，一切都如昨日，却成了人世冥间两重天!

今夜除夕,今夜无眠,一首悼念萧红的诗总在我心中回旋:"火烧云点燃了枫林／不忍回首人间的风尘／／一朵飘游的火烧云呵／寂寞而又苦闷的灵魂／／历尽风蚀雨浸的艰辛／载不动那么多悲愤"。那天,为小雨送别的长长的队伍,挂着长长的泪痕,在浩浩蓝天下,阳光普照中,像火烧云,也像红纱巾,小雨呵,这时你该重复自己的诗句:"我望着伸向遥远的／淡红色的茫茫雪路,／一个孩子似的微笑／悄悄浮上嘴唇……"

目 录

飘逝的红纱巾——悼念李小雨 …………………………… 001

青春岁月

关于我写诗 ………………………………………………… 003
小雨 ………………………………………………………… 005
红纱巾——写在第二十九个生日时 …………………… 010
让我们爱吧 ………………………………………………… 013
向日葵——插队回忆 …………………………………… 016
它寄托我们无处安放的东西——在知青农场 ………… 020
抚摸旧信 …………………………………………………… 023
我和我的枪 ………………………………………………… 025
平凡的日子 ………………………………………………… 028
云朵 ………………………………………………………… 030
悬念 ………………………………………………………… 032
我是一朵失控的云 ………………………………………… 035
美丽的错误 ………………………………………………… 037
不安 ………………………………………………………… 039

玫瑰谷 ················· 040
红豆 ·················· 041
含羞草 ················ 043
爱情,说不明白 ········· 045

海水与火焰

椰子 ·················· 049
夜 ···················· 050
风景 ·················· 051
海恋 ·················· 052
热带鱼 ················ 053
东方螺 ················ 055
碑林 ·················· 056
陶罐——半坡之一 ········ 058
永远的鱼纹——半坡之二 ·· 060
尖底瓶——半坡之三 ······ 062
给兵马俑 ·············· 064
青铜之祭 ·············· 066
雪谷 ·················· 068
海蓝宝石 ·············· 069
沉默 ·················· 070
盐 ···················· 072
杯子 ·················· 074
沙 ···················· 076

致伤口 ·········· 078
再次梦想 ·········· 080
从城市的南端到北端 ·········· 083
一滴水落到我的脸上 ·········· 085
一朵小菊 ·········· 087
低下头来，我看见 ·········· 088
项链 ·········· 089
剧场 ·········· 091

爱到深处

大长江——怀念妈妈 ·········· 095
冬天的船——给老祖父 ·········· 098
从一把泥土感受祖国 ·········· 100
长城随想 ·········· 101
丝绸之梦 ·········· 102
纯真——致韩美林 ·········· 104
春天的第一缕阳光 ·········· 105
第八只朱鹮 ·········· 107
母与子 ·········· 110
小巢 ·········· 112
鸟儿 ·········· 113
燕子 ·········· 114
马群 ·········· 115
最后一分钟 ·········· 117

记住汶川：十四点二十八分 …………………… 119
点亮一盏灯 …………………………………………… 121
光明在前 ……………………………………………… 123
四海一心——致敬国际大救援 …………………… 126
祈福 …………………………………………………… 129
留一条根在那片土地 ………………………………… 131
岛 ……………………………………………………… 134
女孩子、油工衣和毛线团 …………………………… 136
淘金者——听石油工人讲历史 …………………… 140
黑甜甜 ………………………………………………… 143
给中国第一口油井 …………………………………… 147
裹红头巾的钻塔——怀念女子钻井队 …………… 149

大地辽阔

在舞钢轧钢厂 ………………………………………… 153
红屋顶 ………………………………………………… 155
龙泉仗剑行 …………………………………………… 157
在二郎山山路上 ……………………………………… 159
听松 …………………………………………………… 161
二郎山之秋 …………………………………………… 164
华山论剑 ……………………………………………… 166
华山脚下听"老腔" ………………………………… 169
初夏的冬枣林 ………………………………………… 171
在沾化的滩涂上 ……………………………………… 173

小榄读菊 …………………………………… 175
中原的麦子熟了 ……………………………… 177
在黄泛区 …………………………………… 179
在湿地 ……………………………………… 181
箜篌城 ……………………………………… 183
在村小学听孩子吟诵古诗 ……………………… 185
斑竹村 ……………………………………… 187
遥望天姥，怀李白 …………………………… 189
日月山 ……………………………………… 191
天台读诗 …………………………………… 193
牡丹花开 …………………………………… 195
千唐志斋 …………………………………… 197
绿竹叶上的神 ………………………………… 199
雨落雁鸣湖 ………………………………… 200
新村 ………………………………………… 202
在知章小学 ………………………………… 204
跨湖桥水下遗址·独木舟 ……………………… 206
湘湖·小拱桥 ………………………………… 208
在桠溪慢城·我愿意 …………………………… 209
在桠溪慢城·月夜的梦 ………………………… 211
仪仗——在大丰麋鹿保护区 …………………… 214
天下常熟 …………………………………… 216
山中人家 …………………………………… 218
进太行山 …………………………………… 219
在岫岩 ……………………………………… 221
玉矿井 ……………………………………… 223
杜甫草堂 …………………………………… 225

远足及其他

梦幻威尼斯 …………………………………… 229
米开朗基罗 …………………………………… 231
罗马的忧郁 …………………………………… 233
星光下的拿波里民歌 ………………………… 235
斯卡拉大剧院的手 …………………………… 237
佛罗伦萨 ……………………………………… 239
古堡之夜——西西里的一次晚宴 …………… 242
比萨斜塔 ……………………………………… 244
石柱 …………………………………………… 247
假面狂欢——威尼斯之冬 …………………… 249
威尼斯：辉煌的终曲 ………………………… 251
江南 …………………………………………… 253
角檐 …………………………………………… 254
清照 …………………………………………… 256
夜听古琴独奏《广陵散》 …………………… 257
给心脏 ………………………………………… 259
我留在高高的山顶 …………………………… 261

附录

一、李小雨诗歌创作与活动年表 …………… 263
二、对李小雨作品的部分评论和研究文章 … 279

青春岁月
Lixiaoyu Shixuan

关于我写诗

诗在历史上是贵重的帛锦
诗在大街上是一堆破纸片
在墙角的小花红得寂寞的年代
诗不比几棵老白菜值钱

生活先于诗而存在了无数年
发现这个真理是多么地值得庆幸
于是，当纷乱的生活无意中
留在地上一些浅浅的脚印
我称它为眼泪，为缱绻
为呓语的泡沫，为诗

这是一些比水更平常的东西
无色无味，在现代与非现代之间
它映出一个人热的心和冷的影子
他在生活中下陷，无助地抓住了语言
生命和商品都同时诱惑着诗
是逃走还是蜗居
谁更适于生存
该朝向哪一边

假如一切都能重新开始
也许一切都会重新改变
然而过去和未来的许多条路
都只通向一个终点——现实
于是他呆坐在尘世的微笑里
签名,并留下生命的碎片

小雨

一

我悄悄地来到这个世界,
溅起了那么多、那么多的水波。
那涟漪,那枯叶,那古树,
那幽深的青苔,暗淡的磷火,
一千种声音说:
不要打扰,不要打扰,
不要扰乱这平静的生活!
我淡淡地一笑,唱我的歌:
一滴雨是一粒种子,
带着空气的潮湿、泥土的热。
我播种生命,播种热情和新鲜,
明天,该请新的世界在这里收获。
一片浮萍或者几枝莲荷,
哪怕是一个最原始的微生物,
只要是生命的,
那就是创造,
那就是我!

二

哦，是什么在我体内不停地撞击，
让我疼痛，让我激动，让我难过？
太阳和冰，冷和热，上升和下降，
我搏击在无数气流的漩涡。
一个幻想刚破灭，又一个幻想出现，
我急切地寻找阴电和阳电的交错。
低垂的积雨云太沉闷了，
我要打破单调，
我喜欢新奇和探索！
在生活的矛盾与和谐的伟大统一里，
完成了我，
完成了我矛盾而又如一的品格：
——降落吧，慷慨地给予，
无论是晶莹的水珠，
还是六角形的花朵！

三

一颗，一颗……
单纯加单纯，
我的心是一片透明的颜色。
我降下来了，
因为我曾是一朵纯洁的云，
迷恋大地，迷恋绿叶，迷恋生活。
呵！狂风挟来了沙石，
泥泞堵塞了小河，

污水一股股注入,
天和地一片混浊。

我消失了……

当我又化为一朵云,
我依然固执地俯视着,
我忘记了那雷、那泥、那火,
我只感觉创造的冲动、
信念的热情和开拓的快乐,
看呵,我的心仍然是透明的颜色,
单纯加单纯,
一颗,一颗……

四

此刻,我是这样普通,
这样易逝的落体,
淡淡地汇合着,无声无色,
可是当你捧起我时,你会惊讶,
在这浑圆的世界里,
有着云的深远,天的高度,
风雪的变幻和宇宙的辽阔。
我心中藏着一个丰富的大海呢,
只要你那双黑色的眼睛,
向我真诚地闪烁……

五

我来了,
我来了。

有人厌烦,说是秋天的冷泪,
有人喜欢,说是春天的音乐。

也许,我会是泪,
也许,我会是歌。

我会缓缓流过苍白的脸颊,
我会轻轻唱在期望的心窝。

不论是快乐的还是悲哀的,
我都是流向心中的小河。

在无限的感情的海洋里,
我是分离,也是融和。

六

我可能是五年前、十年前的那阵夜雨,
呢喃地,在你梦中飘落。
我是轻的,
冲淡了许多身影,
那些过往的脚印,
我又是多么重呵,

载不动深深的眷恋之情,
只一滴,便能使记忆的船儿
沉没……

七

轻柔而又刚强,
坚韧而又脆弱。
我生活过,追求过,
在这个世界上有我的位置,我的传说。
我曾用美去打开每一扇小窗,
我曾用爱去抚摸每一片荒漠,
或许我也迷茫过,失去了方向,
或许我也浪漫过,随处漂泊……

有一天,所有的小草都做了同一个梦:
雨水消逝了,星星在闪烁。
只有大地会留下一个悠长的记忆,
一片成熟的庄稼,
遍地金红的野果。
这时,人们便会望着深远的辽阔沉思,
说:看这怀抱中的一切吧,
它曾给予我们很多、很多……

1981.8 北京

红纱巾
——写在第二十九个生日时

我要戴那条
红色的纱巾……

那轻柔的、冰冷的纱巾,
滑过我苍白的脸庞,
仿佛两道溪水,
清凉凉地浸透了我发烫的双颊、
第一根白发和初添的皱纹。
(真的吗,苍老就是这样临近?)
呵,这些年,
风沙太多了,
吹干了眼角的泪痕,
吹裂了心……

红纱巾。
我看见夜风中
两道溪水上燃烧的火苗,
那么猛烈地烧灼着
我那双被平庸的生活
麻木了的眼神。

红纱巾——写在第二十九个生日时

一道红色的闪电划过,
是青春的血液的颜色吗?
是跳跃的脉搏的颜色吗?
那,曾是我的颜色呵!

我惊醒。
那半夜敲门声打破的噩梦,
那散落一地的初中课本,
那闷热中午的长长的田垄,
那尘土飞扬的贫困的小村,
那蓝天下给予母亲的第一个微笑,
那朦胧中未完成的初恋的纯真,
那六平方米住房的狭窄的温暖,
那排着长队购买《英语讲座》的欢欣,
呵,那闪烁着红纱巾的艰辛岁月呵,
一起化作了
深深的,绵长的柔情……

祖国呵,
我对你的爱多么深沉,
一如这展示着生活含义的纱巾,
那么固执地飞飘在
又一个严冬的风雪中,
点染着我那疲乏的、
并不年轻的青春。
那悲哀和希望糅合的颜色呵,
那苦涩和甜蜜调成的颜色呵,

那活跃着一代人的生命的颜色呵!

今天,大雪纷纷。
我仍然要向世界
扬起一面小小的旗帜,
一片柔弱的翅膀,
一轮真正的太阳,
我相信,全世界都能
看到它,感觉到它,
因为它和那
插在最高建筑物上的旗帜,
是同样的、同样的
热烈而动人!

我望着伸向遥远的
淡红色的茫茫雪路,
一个孩子似的微笑
悄悄浮上嘴唇:
我正年轻……

我要戴那条
红色的纱巾……

1981.2 北京

让我们爱吧

让我们爱吧!
当树叶在飞旋,沙石在滚动,山岩在战栗,
当暴雨轰然来临,雷电撕裂大地,
当大雪纷纷,只有一点灯火在摇曳,
在这个时候让我们爱吧!
让我们把爱情的大门半掩着,
闪身溜进去,
相通的嘴唇、眼睛、心跳和手臂,
就是我们生存的依据。

让我们爱吧!
大地闪闪发亮,
海在远方喘息,
风,诱惑地把我们的头发
和山林搅在一起,
隐隐的,从伊甸园深处,
走来了亚当和夏娃。
……
但是让我们一起对着时间说:
不!这只是个幻影,

看我们将用那一个字,
改变大地和天空的意义!

让我们爱吧!
在你的乌黑的头发里,
我幻想永远是黑夜,
我这个幸运的迷路者,
来丛林里探索一切秘密。
我坐,我卧,我放纵马匹,
去开垦这片永远也走不出的领地。
而我更喜欢看你微笑,
额发遮住了眉毛,
在炎热的太阳的照耀下,
一切都将昏迷……

让我们爱吧!
爱,就是拥抱生活,
就是真实地暴露自己,
顽强地表现自己,
就是超越以往的冷静和程序。
在这个朝气勃勃的世界上,
我们不再发出羞怯的叹息。
让那些苹果纷纷坠落吧,
现在已不再研究那个陈旧的问题,
听风和大海在远方召唤,
每一片树叶都在更新自己。
在你的不断升起的帆影中,

我将战胜死亡的恐惧。

让我们爱吧!
这是两点间最短的距离。
让我们用夜的明朗、辽阔、纯洁
论证这个真理。
让我们用跋涉的艰难、紧挽的手臂
论证这个真理。
让我们用汗水、眼泪和欢笑
论证这个真理。
这时,天空光辉灿烂,
遍地已开满鲜花,
鸟儿在飞翔歌唱,
太阳温柔而甜蜜,
让我们站起来,依照自己的感情
跨出一步,
让我们张开手臂——

1981.9 泰安

向日葵
——插队回忆

我的向日葵呵向日葵,
你为什么摇摇晃晃,
你为什么摇摇晃晃,
遮住尘封的小窗?
遮住褪色的门帘,
遮住温热的土炕,
遮住了一双十六岁的眼睛——
我的黑眼睛,
用你阔大的低垂的叶片,
用你静悄悄的炽热的金黄。

仿佛那些阳光,
那些尘土浮动的阳光,
仿佛那些麦浪,
那些金属轰鸣的麦浪,
怕我再看见,
怕我再回想:
那喘息着的中午的镰刀,
那咸味的嘴唇上干凝的血,

那蓬松的头发上灼热的麦芒。
无边的金色旋转着上升，
在闷热滚烫的麦垛下，
我的眼睛睁不开了，
一碗金灿灿的玉米粥，
顺衣襟
缓缓流到干裂的土地上……

我的向日葵呵向日葵，
你为什么摇摇晃晃，
你为什么摇摇晃晃，
俯身贴近我的脸庞？
你是在对我轻诉
泥土的柔软和深广吗，
用你湿润辽阔的波浪？
呵，一片眩晕的六月的金黄！

晚上，
把油灯靠近
一缕刘海、一颗黑痣，或者
皱纹如网。
我默读着这一圈圈
灯晕里的温暖的故事，
有的欢喜，有的平静，有的悲伤。
呵，我驮着柴草、
踏着泥水、
剜着野菜，

匍匐在大地上的乡亲们呵,
我华北平原上的点点昏黄!
听今夜纺车声也倦了长了,
在灯火渐熄的小窗外,
在夜风吹过的栅栏旁,
我的向日葵呵向日葵,
你为什么沙沙喧响,
你为什么沙沙喧响,
像浮在暗夜里的太阳?
你在叙说什么呢,
如歌,如诉,如泣,
如此地撩人心肠!

那些迷乱的岁月,
都有过许多遗忘,
都有过许多遗忘,
如风儿飘散远方。
而今我已记不清
月光下打着补丁的小褂,
也记不清那小镜子里的模样,
记不清那些
牵着孩子、挽着裤腿的身影,
和那细密的麻线、结实的鞋帮
我的向日葵呵向日葵,
你为什么摇摇晃晃,
你为什么摇摇晃晃,
遮住尘封的小窗?

但是有一种柔情,
在人海里丝丝不断;
但是有一种颜色,
在暗夜里熠熠闪亮;
但是有一种心跳,
无意中常使我惊醒;
但是有一种气息,
使喉咙燃烧发烫!
我的向日葵呵向日葵,
我的低矮的小村庄,
我的结着沉甸甸果实的金黄色的年华,
我的生长在大地上的依靠和希望!
是因为华北平原上的风太猛烈了,
还是因为我的眼睛总迷失方向?
为什么,为什么在我的身边、
在我的路上,总让我看见
那一片汹涌的向日葵,
那一片汹涌的向日葵,
那无边的母亲般的金黄!

1984.10 北京

它寄托我们无处安放的东西
——在知青农场

它寄托我们无处安放的东西
这片苏北大地,盐碱滩的大地
点点黄蓿菜匍匐爬行
空旷的白色令人忧伤
泥垒的小房子上,每天每天
都升起,海鸟和黎明
它寄托了我们十五岁的天空
十七岁的麦浪,以及
长长的大通铺上背包的风尘
纷乱的芦花飘扬着,风吹斜了它
它的泪水掉在地上
留下咸的潮涌

它收留了我们那么多补丁的梦:
黄草帽下飘扬的短发
五角星的水壶,泛黄的毛巾
它热气腾腾的澡塘边是解放胶鞋的泥泞
露天电影和大喇叭多么喧闹
而手电筒的微光,却静静地照着

被窝里掀开第一行字的书本
锄、铲、锨，还有箩筐……
为什么我只深深地记下了那根
还带着长线的针？
我们在汗水和泪水中认识了生活
它的镰刃太锋利了
它的扁担太重
它撒下的种子，每一粒
都长出了长长的根
它的粗糙的小桌上
是谁伏案写下第一封家信：
"妈妈，我想你了……"
时代的孩子们
学会了第一声叹息
他们长大了，更爱那些
曾经远去的声音

严酷又温暖的大地
收留了那些
飘荡的芦花的命运、破碎的家庭
它让四散的车辙，消失又聚拢
时光之水流过四季
一场大雪，曾经覆盖了一切
一场大雨，又让它们袒露出真情

如今，黑白照片悬挂在墙上
一万名，一万五千名

那一双双知青的黑色的眼睛
穿透五十年时空,星星样闪烁
迷茫的,清澈的,纯真的,稚气的
土地,这片父母之地
它寄托了我们在大时代里
那些无处安放的思想和灵魂……

抚摸旧信

抚摸旧信
仿佛抚摸秋日暗淡的阳光
风雨雷暴都已成过去
收割后的田野里宁静空旷
只有那堆堆麦垛
泛黄的,一束束的
在手中沙沙作响的
让我疲惫的身体
去亲近,去躺
那残留的一点点微温
那一点点微温
是往昔谁的胸膛
谁的手掌

抚摸旧信
仿佛抚摸缓缓干枯的叶片
那金色的、饱满的籽粒已被入仓
那些语言和思想已储为我
成熟的时日
旧邮戳排列出生命的轮廓

那是田野里孤独的拾穗者
正拾起一些影子
一些薄尘,一些微笑
泛黄的,一束束的
在手中沙沙作响的
散发着逝去的缅怀的气息
在记忆的灶中温热
暖我一生

我和我的枪

因为我的军装,
我认识了我的枪。

枪很沉,
有着整个冬天的重量,
整个风雪的重量,
当他和口令声一起,
重重地斜落在我的肩上,
我微微颤抖,
而大山的风迎面扑来,
这一天的风,
永远是十七岁,
是十七岁半。

勒紧枪带是多么威风呵,
小腿上有一种硬硬的敲打是多么兴奋呵,
走着,看拉长的影子是多么陌生呵,
那么一种神秘,那么一种兴奋,
那么一种陌生揉成的慌乱,
从此,困扰我夜夜的梦……

习惯于把他的编号
作为我的名字吧!
一个珐琅质的冰凉光滑的名字,
一个来福线和通条组成的名字,
一个充满陌生枪油味的男子汉的名字,
习惯于在他的
黑黝黝的枪管和凹凸不平的疤痕上,
尽情地幻想和散步吧!
然而我的枪沉默着,
固执地沉默着,
严守着一场高地保卫战的秘密,
或是一次浓烟滚滚的冲锋的秘密,
严守着一发子弹结果两个敌人的秘密,
或是以刺刀为疆界的血的秘密,
我的枪,
见过死亡,
见过光荣,
当一切都燃于大火毁于大火死亡于大火,
只有他在火中自由出入而又奇迹般地
在火中大笑,
在他的带有子弹的心跳声中,
我猜想,
他是一位曾经支撑起军旗的
蒙面英雄。

然而我的枪沉默着,
固执地沉默着,
只教我看前方、

前方的一大段雪路、
雪路之后的人形靶、
那永远的圆心,
移来又移去的
黑点、黑点、黑点……
还有酸疼的眼睛和红肿的手臂。
呵,当雪水在我身下慢慢融化,
我才触到这就是他的真理,
枪的真理,战士的真理,
有时竟会是这样的冷,冷,
冷得残酷,
冷得流不下一滴泪水,
冷得如冰一样
晶莹和锋利。

把飘扬的长发塞进军帽吧,
用不着在这样的时刻想家,
想炉火和一切温暖的东西,
我大胆的手指要配得上
那三言两语的男子汉的真理。
我要让我的枪大笑,
让笑声震撼山谷,
让他接着讲那些
喷洒着火焰的美丽的故事,
让那故事里有一个骄傲的小女兵,
正肩着一支枪,
守卫永远的天空和大地!

1984.10 北京

平凡的日子

日子像穿灰衣的影子
重重叠叠得只有轮廓
打开日子的门往里一看
是穿旧的衣裳和几只飞蛾

麻雀们又在树上吵闹
昨天掉下的羽毛今天仍未落地
呵，这用一根鞋带穿起来的日子
总变不过五十四张牌，方方正正

你走在我身前身后平静如初
我们就这样携手走进日子
日子很相似，眉眼模糊不清
倏忽间，连回忆也不知该想些什么了
只记得你温和地抚摸这些琐细
安排日程表，用锅碗和针线
心大于海，平凡的日子没有瞬间
只有波浪，从上个世纪流到今天

你是性格沉静的人，我也是

进入平凡该需要多么大的勇气
人说婚姻属于平凡的日子但爱情不是
我忍不住回望你静默的眼睛

你仍然不动声色地从日子中伸过手来
平凡或平淡或平庸便总有 37 度的体温
那种可依靠的始终如一的真切使人感到安宁
此刻你的眼睛很深日子也很深

云朵

蓬松的云朵
停留在天空的唯一的一朵
干爽的,带着太阳和风的香味的
静若止水
这是咱们的云朵

那时你俯身向我微笑
然后伸过你的手
就是这片云轻缓地飘过
你的微笑留在了云上
光芒四射

无数水滴一样单纯的日夜
袅袅上升
干净、真实,一如生命的触摸
风吹云朵成为各种形状
四处散去
但又总会聚拢
以最初的温馨
笼罩我

几枝小黄花静静地开了
云影下永远有家
斜斜地停泊

看着云朵依然蓬松洁白
看着你依旧的身影
数数云朵下我们的日子
一个,两个
我不禁想流泪
哦,云朵,永不改变的
依然是咱们的云朵
恬淡、深远、辽阔
我们的屋顶
我们屋顶下充实的炊烟
当我们回头看时
我们已在同一片云下
走过了一生

悬念

电话突然中断,成为悬念
他的地址变了,成为悬念
下雨时他带伞了没有,成为悬念
他赶上飞机没有,成为悬念
他在另一片云彩下生活得怎样,成为悬念
他是否还会回来
能否见到我
我们还会有今生吗?
都是悬念

声音的悬念
面孔的悬念
心跳的悬念
命运的悬念
我和他的悬念
四周人群的悬念
泪水的悬念
微笑的悬念

悬念

一万种未知的感觉
悬在头顶

悬念是寄生的
它顽强的根总扎在
一个人的雨夜或梦中
它靠回忆的幻想活着
为另一个人开淡淡的花

它隐露一点美丽的红
是相思还是野花或是流星
它诱我失眠一生咀嚼一生猜测一生
编织最凄美动人的爱情故事
像一个吝啬人聚拢财宝
在没有底的口袋上
编了又拆、拆了又编
包扎我不安的伤口止我眼泪的血又
撕裂我的心

它是影子、永不散去的雾
失掉的光、没有落地的球
它是宿命又比命运更值得珍爱
它是隐藏的另外一些东西
它使所有的人们
一半在地上
另一半在空中

惊惶而又甜蜜地
我，他，人们
有无数结局却又永无结局
如此。悬念了一生
那殷殷切切丝丝缕缕的爱
已成为一生的大爱
使我负重

是谁抓住悬念轻轻一提
提起来的
是整个人生

我是一朵失控的云

我是一朵失控的云
流浪在没有晚霞的天空
我没有家,没有伙伴
也没有一扇打开的门
一切灵魂全在狂欢中飘荡
一切身影都在迷茫中沉浸
生命就是从一个远方到另一个远方
我的坐标就是我的脚印

我是一朵失控的云
油彩下深藏着最后一声滑音
告别的道具纷纷退场
别去捡拾爱情遗落的那些泪痕
舞台上的艺术是伟大的
可沉默更伟大
因为我认为
诉说痛苦应该不出声

我是一朵失控的云
是倦于伫望的淡淡的姓名

是流过地平线的瘦长的音调
是散失的心事,断缆的旧信
是日子与日子间枯萎的黄花
是驻足桌面上的薄薄的灰尘
是一条握不住的告别的手绢
静悄悄地,在你眼中闪动

美丽的错误

千百次回旋之后
落在你的身上
晶莹的、细小的
呼吸样薄的雪片

而你是太阳
你眼睛和手掌的光芒
使幸福暖暖流下
使我融化,消失殆尽

一生中美丽的错误
总是这样猝不及防
每个花瓶都可能被打碎
每颗钮扣都可能错位
每把钥匙和锁
每扇门,每一分钟

而在我走过的日子里
总丛生一些弯曲、恍惚的风景
吃吃笑着的,有几分娇憨的

与所有痛苦不相关联的

那厮守了一生的美丽的黑色花朵呵
是使我懊悔
还是庆幸

不安

屏住呼吸
听电流嗡嗡而过
震颤我的血管
没有电话铃声
这颗心就这么卧着
比盗贼还镇静

空气稀薄
窗子打开又关上
鸟声摇摇欲坠

那悬空的手指
穿过第几条街巷
停在谁家门旁

我张嘴但没有声音
一些我需要的词汇
还没有赶到

玫瑰谷

久久地迷失在
紫雾弥漫的山谷

痴痴地陷落于
那样一种灿烂的颜色
如岁月，如微笑
如你的怀抱
香甜而寂寞地开放

于是远离尘嚣之上
花瓣缓缓地降落
那样一种随意的飘零
透彻了许多人生
有一种幸福叫沉浸

因此我总留下一串串脚印
长成那里草本的根
在每一个雾起雾落的日子
酿制独醉的情韵

红豆

在天与海的尽头……

该粉碎的都粉碎了
如残破的贝壳
该隐瞒的都隐瞒了
如厚厚的沉沙
该忘却的都忘却了
如弃船的枯骨
该凋零的都凋零了
如孤独的海烟
该有梦的都梦过了
如一闪而过的鸥翅
该流泪的都流过了
如蚌内柔柔的盈珠
该结疤的都结疤了
如紫黑色怪状的礁石
该痛苦的都痛苦了
如辗转抽搐的暴风！

那么
你为什么还要
生长在这里?
你这棵瘦弱摇晃的
面海而孤独的相思
每日每日
那如血的滴滴红豆
红豆
红豆呵
垂落
在世界的尽头……

含羞草

不要碰我
我是一棵含羞草

我害怕触摸,害怕拥抱
害怕突如其来的爱情
像飞鸟
在我的叶片上嬉闹
害怕生活中
那五颜六色的游戏的云
使我迷乱,把我缠绕
在我静悄悄的世界里
只有踮起脚尖的风
和羞红了脸的太阳
我仿佛是一个隐藏起来的秘密
飘忽着,在大地上摇

呵,那一刹
是什么触动了我的憧憬
那最初的凝望、吻和叹息
我的叶片震颤了

我的心在跳
一阵巨大的幸福正悄悄降临
我被触动了,我期待着
轻轻垂下婴儿般柔软的睫毛

我用羞涩,向世界吐露着爱
在我胆怯的叶片下
你可以看见一颗燃烧的心
一双温柔的眼睛和
躲闪的睫毛

当我重又睁开眼睛
你已走开,雾正消散
我的心像大地一般空茫
于是,人们不再问我的痛苦
对爱情,仿佛
说得太多,又太古老
一阵阵的雨水流下了
我依然站立着
张开我悲哀的叶片
那里
被打湿的美和真诚
在阳光下闪烁

不要碰我
我是一棵含羞草

爱情,说不明白

爱情不是一天一封信
信中缠绵的无数个吻
不是耳旁的誓言,不是并肩同行
不是解剖台上的麻雀
任你冷静地一点点梳理
不是数字的相加或相乘
不是眼泪,那场泣血的游戏
美丽得动人
当你有一天说出"爱"的时候
那爱便失色
它正悄悄逃遁

爱情是你永远不知为什么也不愿明白
它是不完美的,心永远的不完整
是不必再说出什么,永世不宣的秘密
是逃避中空气神秘的流动
是沉默,是两棵树面对面站立
坚守脚下的小小角落,不被触动
是理智,却又痴迷得愚昧
是从不清楚结局的任性

是一片很美的月光落在身上
你却永远不能把它拾起

当我们懂得了爱情的时候
那手里握着的
却已是一块石头
又冷又硬

海水与火焰

Lixiaoyu Shixuan

椰子

一只椰子,陪我上路
一只黄褐色的
沉甸甸、毛茸茸的椰子
摇一摇——里面
有一片南海在翻卷
外面,隔着厚厚的岸
啊,快让我越过这沙滩吧
我迷恋大海
那粼粼的波光
那闪闪的白帆……
椰子说:那么
把我种下吧
明天,我将长出一个海南!

1979.9 海南岛·榆林港

夜

岛在棕榈叶下闭着眼睛
梦中,不安地抖动肩膀
于是,一个青椰子掉进海里
静悄悄地,溅起
一片绿色的月光
十片绿色的月光
一百片绿色的月光
在这样的夜晚
使所有的心荡漾,荡漾……
隐隐地,轻雷在天边滚过
讲述着热带的地方
绿的故乡……

1979.9 海南岛·凌水县

风景

破晓时分
暗淡了帆
雨滴刷出的
椰树和渔船的桅杆
凝固在空旷的沙滩
无数条线静立着
海,在天边

1979.4 海南岛·赴崖县途中

海恋

这夜晚
让礁石伫立
让风成为背影一动不动
让桅杆升起,让月升起
让海浪,让轻轻的话儿
碎了又聚
鸥鸟起落,成群的
让海洋更明亮

在月光之中
小小的我们
小小的爱情
无边无际
让世界更大

热带鱼

南方
多情的海浪,
游弋的热带鱼。
无数
闪着鳞光的星群,
从温热的细沙上流过,
在燃烧的珊瑚丛中栖息。

哦,你停在海底的蝴蝶和小鸟呵,
你亲吻着水草的蝴蝶和小鸟呵,
闪亮的尖刺,
柔软的长须,
像轻滑的捉不住的梦,
带着顽皮。

仿佛绿草地上
滚过了热情的波浪
一阵阵风儿散了又聚,
我的心也像浪花一样欢愉。
我相信

所有的鱼儿都能
听懂我的话：
彩色的海永远不会褪色，
这个世界是多么美丽！

东方螺

为思念大海,
它把海贝的色彩涂染;
为眷恋高山,
它又把壳筑成小小的尖。

于是,在夜丁香的浓郁中,
东方螺爬过了
草丛、礁岩,
留一条银白的线。

……月光下,
慢慢行进着
小小的东方螺,
行进着——
山的影子、海的梦幻,
为的是,
哪怕在睡梦里,
也让你记住
海南……

碑林

我是研着中国墨长大的
宣纸和石头的孩子
在无数淋漓的碑帖中
我迷失了自己

我是狂草
像挣脱了形体的翻卷的龙
裹漫天纵横飞扬的雨
滚满地奇险万状的风
在洋洋大河中
露一闪而过的麟角
从斑斑云雾中
落飞流直泻的群星

我是大篆
像沉郁悲壮的锈斑铜鼎
敲厚重的嗡嗡浊音于
浑圆的天野
容万物于磅礴的四方之中
我是象形的一匹马

一只鸟,一枚月亮

我是写意的
草长石瘦,井底幽深
我是宇宙中
最完美最神秘最尽情的
线的建筑石的舞蹈
我是一点一画而歌而泣的
流转无穷

但我只是墨
是会呼吸会沉思的墨汁
在一个个方块字与方块字之间
在一排排青石碑与青石碑之间
我是缓缓流动一千年一万年的
中国
我是你永不更改的血型

1985.10 西安

陶罐
——半坡之一

据说
第一只陶罐是女人做的
因此,她塑一条
浑圆的、隆起的曲线
朴拙而安详地立于
万古苍凉之上

我披发的母亲
裹着兽皮的母亲呵
她指向
最纯粹的泥土、水和火焰
世界就这样诞生
诞生成
一条有孕的曲线
一个婴儿在腹内蠕动
一枚果实正在成熟
一轮太阳
一个人死去重又复生
一个星序的倒转轮回

一个四野与天穹的完美闭合
一只陶罐

于是一切生命
便都有了密密麻麻的指纹
于是许多声音都在天地间
流浪着，喊着母亲
于是陶罐便朴拙而安详地立于
万古苍凉之上
以她的宽容
以她的淳厚
以她的丰盈
以她的披风沐雨的牺牲
饮母亲低沉温存的心跳声
饮鼻音的摇篮曲
饮乳汁流成的滔滔黄河
饮一根骨针的细如丝线的声音

当赤脚的母亲站起身来
开始最初的第一次播种时
陶罐倾倒了
从里面涌流出无数
金色的小小的种子
——人

1985.10 西安半坡

永远的鱼纹
——半坡之二

站起身来,站起身来
朝向汹涌冰冷的深水
因为母亲的鱼纹
大河涨潮了

午夜的黑暗里
声音的光凝聚在陶罐上
那一条条流动的几何图形
变幻不变

且歌着、舞着、飞翔着、上升着
且呼吸那混沌初开的风
喃喃着磨光了龟甲的
咒语和祝福呵,沉淀了
凝冻了,成篝火上暗红色的鱼纹

那是我们流动的灿烂的之血吗
那是我们流动的精壮之液吗
最母性、最生命、最繁衍的大河呵

从源到源，纹我们
生命的密码和图腾

用陶罐汲水
汲柔软坚韧的波浪
让我们深游其中
游成绵延不息的鱼
游成世世代代的太阳
游成浩浩荡荡的强盛的部族
曾源于水，又复归其中

而当陶罐里的水早已干涸
那暗红色的、黑色的鱼纹
却仍在黄土和残片中
炽热地游动

1985.10 西安半坡

尖底瓶
——半坡之三

就这样永久地站立着
成为一个象征
如撒哈拉废墟中
那一列风雨洗白的石柱
如爱琴海边那一座
半残的断臂美神

六千年的风很寂寞
柏拉图和孔夫子的低语也
模糊不清
你暗红色的修长身躯
你薄薄的瓶壁
在另一个世界里
是一段空白的梦

真想与你一起
做这场智慧的东方游戏
想看你自动沉浮又自动汲水
那一定很好看，很新鲜，很轻盈
如不带出土气味的泳装的虹

或者就听你轻轻地溅落
听咕噜噜的水泡上升
听你不由自主地
流泻动听的咒语
听你滋润深远的创造和繁荣

然而我只能隔着玻璃柜，看你
看你的原始，看你的静默
看你只是史前母亲怀中的
一个小小水瓶

就这样永久地站立着
以你的尖底，以你的纹身
你想说些什么，又没有说什么
你是一些暗示，一些启发
一些深醒，或者
你只是一只小小的尖底瓶
却又不是
你是一尊可被今天无限雕塑的
象征

1985.10 西安半坡

给兵马俑

坚守着秦王朝的最后的一块领地
在地下五米深处
你们威严矗立
以两千年未曾脱卸的
战袍的队形

看遮天蔽日的旌旗方阵啊
听沸沸扬扬的马嘶车滚啊
抚寒光逼人的矛头刀弓啊
拔剑一长啸,你们
把咸腥的血
都喷溅成一垛垛长城了
把长城
都翻越成铁马金戈的史书了
而站在这里只是个驿站
到最后
一座又一座关峙
只是一阵又一阵烟尘
齐楚燕韩赵魏的天空
只是秦时的一轮明月

而你们也都只是
明月草丛中
永不还乡的
一领铠甲

悠悠
这铠甲一去便两千年了
报捷的羽书也去了两千年了
浩荡的秦声乐舞
却仍在鼓角杀声中
透过厚大坚实的秦砖
隐隐地击奏着
一统天下的
万千壮士的英勇

到再列阵再整装时
我看到
地面上的麦子早已黄了熟了
一个光屁股的孩子
一缕炊烟
便把你们都
轻轻地
覆盖了

1985.10 西安

青铜之祭

夏启和夏桀都打仗去了
汤和盘庚都打仗去了
商纣王和周武王也打仗去了
透过人面和牛头的盾牌看历史
那段历史原是一只
踏着遍地尸体和血腥走来的
沉重狰狞的
三足鼎

惯用石器的部落
第一次冶炼出来的
沸腾的金属汁液呵
荡荡乎四野流动
流动成满田生长的箭镞
成饥饿疯狂的青铜饕餮
成永无谜底的
厚重的云绮雷纹
成一座巨大的凝然不动的
青铜之城
（借九鼎且为国家造型）

这一场滴血的进步

美丽得叫人心惊

一双暴烈的大眼

压我成一粒喘息的灰尘

猛然惊醒

那青铜祭坛上的火却仍在燃烧

投深不见底的森森阴影

且祭那最后一场

为那些骁勇的灵魂

然后我要再化

第二次铜汁和锡汁的庄严的

鲜红的混合流体

不做矛戈

只铸编钟

1985.10 西安

雪谷

雪谷
最深的冷

隐藏颤抖
隐藏光芒
隐藏风

在最幽暗处
血是什么声音

比时间还空旷的
是一行小小的
蹄音

陷落
燃烧最后的寂静

海蓝宝石

石头的水
盛在阳光的杯子里

这是孩子的眼睛的颜色
这是站在辽阔海边时心情的颜色
这是天空有一只鸟在飞的自由的颜色
这是用钢笔写下"怀念"两个字的颜色
这是裙子、风和航空信的颜色
这是母亲手缝的围裙和布鞋的颜色
这是铺格子床单的双人床的颜色
这是为幸福流泪
为平凡的日子内心纯净的颜色
这是你对命运说"不"并对它微笑的颜色
这是沉思的颜色
这是生活的颜色

一滴
但永远不会干涸

1995.1

沉默

没有嘴唇
那里是两块巨大的岩石

坚硬。厚重。冰冷
只沉沉叠起
只以自己的方式生存

一道闪电
一条密闭的缝
阴影中,谁能看见
一颗牙齿挨着另一颗牙齿
紧紧地咬住些什么
铁质的时间断裂成
永恒

紫红色的裂口很苍凉
无论是血还是声音
都不能滋润

沉默

没有谁让它开口
没有
沉默
构成世界最硬的部分

1991.9

盐

盐在我的血液里咯咯作响
盐在我的骨头里咯咯作响
盐从我的眼睛和毛孔里滴落下来
呵人！你这小小的直立的海洋

盐四处走着
盐把最感人的力量
从厚厚的岩层和活着的生命中
渗透出来
灼热的皮肤
伤口的边缘
日子的味道
思想如一条条鱼晾晒着
看一粒盐
那是谁的眼睛
那是谁的海水
那是谁的足迹
那是谁的背影
苦涩而滞重

盐

盐咸味的影子锈蚀海浪
粉碎无数的太阳和风
那新鲜的、腥味的白色沙丘呵
那最普通最低微又最高贵的细小颗粒呵
路边遗落的盐
踩在脚下的盐
勺子和舌尖上的盐
永远伴随着面包而生的盐
在破旧简陋的茅屋里
如淳朴健壮的农妇
人和牛羊全都朝你低下头来
在生活的最深处
永远是盐

当我手中的时间正在消逝时
蓦然发现，除了甜蜜以外
还有另外一些东西
正在结晶

1991.10

杯子

杯子，永远干渴的嘴
永远不能湿润我们

往杯子里不断地注水
注入一条最漫长的河流
几千年淌过
生命一寸寸焦虑
杯子是覆盖它的绿荫

杯子很清
单纯得如同泪珠
杯子很深，沉如古井
站在杯子的外边往里看
如看人生
有时杯子挺闲适
在其中
养一枝玫瑰与养一颗心
是同样的意蕴

不断倾斜的杯子

是意味深长的动作
你装进去些什么
又倒出来些什么
在水斟满又流出的一刻
将会发生什么事情

空空荡荡的杯底总使人疑惧不安
生命并不比一杯水的流失更长久
而命运却常常像拿杯子似的
打碎我们
因此，我们总渴望那
源源不断的波浪之水
渴望它的延续和唤醒

杯子就在身旁，人类的杯子
捧起它，饮我们的
水

1991.10

沙

永恒的微粒

它是暗紫色的、黄色的
黑色的、白色的
石英与长石的
细小颗粒
它是海洋与陆地的变异
它是沿地球作弧形滑动的波浪
它是浩瀚无垠,死寂无声
它是围困,用陷阱或幻想
既虚假又真实
它是蛇样的嘶叫
使负重的生命却步
它是一只手从中伸出
呻吟:水呵——水呵

它是历史不留印迹的飘尘
它是滑过指缝的细长的时间
它是幻想者修建的城堡
它是聚少成多

它是人群
它是生存
它是不可摧毁的

很多的沙聚在一起
很柔软
但一粒沙
也会使你眼中流泪
一粒沙
也会使你在梦中
惊醒

致伤口

当某一天我醒来看到世界
我忍不住大声呻吟它给我留下了胎记
玻璃破碎的声音尖嚣而灿烂
那温柔的一击使我窒息

月牙形的伤口很动人,很深刻
鲜红的花朵流淌着,细蛇样美丽
在断断续续的火焰的滴落中
一条根,裂我的心成为永恒的秘密

跛脚的命运从此要我载负着它
粗粝的世界上注定要有两个身影
荆棘丛中那默契紧紧缠绕着我
在面孔与面孔之间我已无法逃离

长路上唯一的泉眼是我的伤口
我吸吮它像是吸吮母亲
一种温热和甜腥使人欢快迷茫
我感激,我怜爱,我软弱无力

它像一个不常用的道具躲在衣服的幕后
却又每时每刻出场,牵动我的惊扰和哭泣
走到夜深人静时它却害怕抚摸
它是深渊,它便是最合理的生存

在伤口上玩笑像在观光风景
在伤口上接吻像在做游戏
在一层层所谓痛苦的覆盖下
我藏起夜夜谎言的恐惧

直到有一天我们都已疲倦
在各自的领域里点数生命的阅历
爱与恨都已揭晓,在共同的灵魂深处
在最后的棋盘上,看我们相扶相依

1988.8 北京

再次梦想

岁月的河流纵横奔腾
一些河道干涸，一些山峰隆起
一些云飘散后再无踪影
一些牙齿掉落或丢失
一些诗集死去或诞生
一些面孔渺渺，一些落叶萧萧
一些人在三十岁以后的蛛网下
学会做白色的表情

生活之石，坚硬粗重
每天每天，你
负载如山，肩头狭窄，手臂如绳
骨节咯咯作响如奏鸣欢乐颂
在单色的天空下
你的眼睛只认识一种颜色
夹雨伞出门去
你的影子不悲壮亦不生动
你的微笑如你的小屋
属正方形的美学范畴
你也总习惯于同一种姿势

睡着或醒着
以至无梦

某天，当秋凉的第一滴雨落下
溅湿一些脆弱的长满苔藓的日子
你突然想裂穿重重的生活之石
哭蠕动的灵魂

于是你认真生活
你蹂躏生活
你懒于生活
你疯狂生活
你玩笑生活
你静观生活
你以各种方式恣意击打生活
在空荡的凿石声中
你发现自己，伤痕累累
质感仍很坚硬

你活着
你体内的心跳、呼吸
仍会在月夜时纷纷爬出
汹涌成新鲜的海
你的手指仍敏感于
一首诗湿润的部分
你忧郁的微笑
已成为世纪的象征

而你的苦难充满爱情的味道
你想超越
在东方式的断裂带里
有飞鸟静泊于时间的流程

哪怕只是短暂的呢
当你的希望具体如一杯咖啡那样
苦涩美好
当你怀疑的眼光在年代间
投下无花的种子
当你洞穿自己
享受那欢快致命的伤痛
当你雕琢灵魂赤裸如初茸的小鸡
当碎石如暗蓝色流星雨纷纷洒下
那一刻
梦想再次降临

1988.8 北京

从城市的南端到北端

从城市的南端到北端
一双脚在前，一双脚在后
经历了三百六十五个穿鞋的日子
我成为一条现代的鱼

自一涉水
便无法选择
逆流回流或者顺流
汽车是一群群危险的海瓶
无处可逃的轮上风景

偶尔出示月票
偶尔懒得吵架
偶尔想想例行公事的晚餐
偶尔在拥挤中顺势亲吻
偶尔研究车窗外
患流行病的广告
想今天的生活是
嫩肤霜加来福灵
有人雾时黑发变白发，落雨成雪

有婴儿长大,道路倾斜
天空弯曲,孩子们幻想成为
下一个站的英雄

从一个门上,从另一个门下
所有的人都机会均等
今天的脚印不记得昨天的脚印
此刻的脚印不记得彼刻的脚印
黄牌的岛屿上写着一些字样
停靠站模糊不清
或许是墓地,或许是产院

据说经历重复就是经历死亡
以此类推,我已死了一千次
一千次的我
已不是彼岸的我

从城市的南端到北端
其实,所有的游动
都不过是一种过程
而在城市凹凸的空隙里
尘埃,正以各种姿态
展现历史

1988.8 北京

一滴水落到我的脸上

一滴水落到我的脸上
它不是沿脸颊滑落的咸涩的风
不是干涸的泉、龟裂的纹
不是枯叶上沾满灰尘的河流
不是油污、重金属、推土机组成的
中央气象台拉响的橘红色警报
不是 PM2.5 的高浓缩的滚滚雾霾
不是被阻断、被嫁接、被化和、被错位的
骨骼、血液、牙齿
——它不是被装饰的眼睛

这是普通的水写在大地的纸上
它是云或者雨
从世界的任何一个角落回家
它是鲜花、谷穗、鸟啼
它是滋润、晶莹、清澈的
一只水罐,横在生命的路上
它是所有的根须,摇摆的,母亲和孩子
它是疼痛,是抚摸,是死去重又复生
它歌唱爱,汩汩的爱

它是强大的电流、光速、正能量
但又多么脆弱
一滴水,它包裹着理性的人类和地球
——它是一只充满泪水的、真实的眼睛

一朵小菊

她的第一层花瓣是铁做的
傲骨凌风,剑气若虹
翻身下马,拜黄巢为师
邀千里之外百花的美
都在秋风中闪现
她集大美于冰清玉洁
铺满世界苍茫的落英

她的第二层花瓣是火做的
一抹壁刃,一道燃烧的电闪光涌
遍洒世界的幸福,滚烫的
这黄金,人人拥有
她在花瓣上劫富济贫
静听满大地都是笑声

她的第三层花瓣是水做的
那一丝丝的软,晶莹
就像她用睫毛含了一秋的那个字
解开小包裹,欲露未露:
……爱,那一小粒冰糖,颤抖的,
是她送给你的,她的……心

低下头来,我看见

像地平线上渐渐露出的桅杆
歪歪斜斜,晃动着一点翅尖
然后是一只甲虫的翅膀
然后是一只甲虫
然后是一只更小的蚂蚁
举着猎物蹒跚登场
尘土中,闪着神话的光焰

它擦不擦汗
它喊不喊号子
或者可有一声长叹
一只鹰在天上飞,它不是鹰
它只是大地上渺小的一个斑点

在高楼林立的水泥缝隙里
低下头来,才能看见生活的真实
——这沉默的劳动者
当人类巨大的身影翻转整个地球时
我记住了一只蚂蚁微小的力量

项链

光滑的,冰冷的
一圈圈盘踞在爱情的中央
这条,嘴唇之下
心脏之上的,蠕动的蛇
不分季节的
紫红色的藤蔓
它神秘的光环
诱我走进一片风景,又
陷入另一片风景
语言离去了
脸庞离去了
漫长的躯体上只剩下这
永无休止的符号
我守望了一季又一季
红玛瑙凋谢
金刚石枯萎
这些石头的濒死的花朵呵
而它仍像一堆健康的绳索

缠绕着我并留下
最生命的痕迹

呵，你沉甸甸的手臂

剧场

像一群群黄昏的蝙蝠
面孔模糊的人们走进剧场
钟声流水样漫过头顶
座椅上堆满身体和衣裳
而灵魂此刻是别人
在舞台上走动
幕墙背后
世纪一片洪荒

上帝说：要有光
于是就有了光
灯光下的表情总有些异样
一个男子在一道追光下独白
巨大的身影投在墙上
沉沉大厅里浮动着语言的泡沫
扑朔迷离
剧情在哪里隐藏

布景正玩具般转换着时空
一朵小花的道具

预示着阴谋还是爱情？
在怪诞得近乎真实的秩序中
世界由无数门组成
喜剧和悲剧
只是两个小时之内
从一道门进入
又从另一道门退场

当守夜人熄灭了最后的灯盏
空旷的舞台上喘息的
只有灰尘和蛛网
剧场深陷在暗夜里
一个悬念
一个巨大无言的黑箱
让艺术缓缓从身体中穿过
退潮的人们
脚步声响在石板路上像是幻觉
"来碗热汤面——"
灯光下只有小贩的叫卖声最真实
一张海报在夜风中卷起
弥漫于剧场之外的梦游者呵
今晚你已买下说明书的全部结局

1994.12

爱到深处
Lixiaoyu Shixuan

大长江
——怀念妈妈

大长江,我的摇篮……
六十年了
那焦土与废墟之间的水的汹涌
那铁丝网与硝烟之后的江的波澜
那一天的小雨,可让江面潮起潮落
那一天,多少浑浊的漩涡裹挟着
战争的马蹄、枪声、断戟和枯枝败叶
奔流而下
如此坚定,却又如此缓慢……

和平就这样悄悄降临了
犹如野花绽放,或
一个婴儿诞生的哭喊
大长江,只有你听到了我的第一声啼哭
只有你让我尝到了泪珠的咸
只有你,让我第一眼看到了母亲
温柔的、我亲爱的妈妈
她俯身向我
此刻那天边的大水

让我的哭声在大江上飘散……

我的妈妈
有着灰布军装的忠诚
她从一支来自北方的队伍中
风尘仆仆地南进
带着她的消瘦、她的背包和
怀中发黄的亲人的照片
她的脚下,踩着旧时代的沙粒和碎石
她把子弹的爆炸声都听成了波涛的轰响
急行军,跟上!当她第一次面对长江
她曾有着怎样的血泡、裂口的双脚、激动
和年轻的慌乱……

昼与夜,脚步纷纷
那是一支长江的新时代的合唱吗?
江风吹动着船舷的缆绳
士兵们站岗,闪烁着步枪和红星
长江号子从劳动者的脚下轰鸣而上
掀动报童手中的《长江日报》
头版上,有不断更新的
解放的消息、建设的消息,以及
江边的歌声:解放区的天是明朗的天……

于是,拍我入睡的最初的歌谣
是长江哼唱的,她用混合的涛声
做我的襁褓,覆盖着我,轻抚着我

第一声轻,第二声重
于是,长江用奔涌和崎岖的故事
洗涤我,并用那一天的雨做我的名字
让我还原成一场历史间隙中的小雨
温暖地依偎在她的臂弯……
而我,只抓住了最初的那一滴水
是江上的浪,还是妈妈的乳汁?
那是一条总也剪不断的脐带
长江,在你的波浪上
有妈妈的指纹……

在长长的队列中
我的妈妈,穿灰军装的妈妈站在长江边
她的微笑仿佛明亮的光线
日光和月光,几千年的波光
都从她的军衣上滔滔流过
她怀抱着我,而她的身后
大江,犹如一道亮亮的闪电
——历史正滔滔流过

这个清晨
多么美好而安静

冬天的船
——给老祖父

冬天的船,倒扣着
倒扣在空旷的沙滩
风儿流窜,从远天
滑过干枯的船板
从此,我的思念是一把沙了
弥漫在空中,聚拢在你的周围
哦,我的老祖父,我冬天的船!

那船板,许久没有浸过海水了
裂了缝,像老祖父多皱的手
在冰冷中,把一生的力气
摸索着送进桨片
风哭着,风诉着,风长啸着
我的双手,却抓不住那一刻
你倾倒的桅杆……

大雪纷纷落下,渐渐为你
堆一个白色的坟墓
冬天的船呵

冬天的船——给老祖父

仿佛七十九年
只有这一次安详的梦
掩埋你的故事
掩埋你萧萧的太阳
掩埋你风浪的匆忙和喧嚣
掩埋我寻找你的
最后的空间

雪片环绕着我
那里没有一行脚印通向你
通向你渐渐隆起的墓碑
只有千里百里的沙滩上
那伏地的布帆
那寂静的灿烂
如泪光里满头闪烁的白发
一百年,一百年
在远远望去的雪雾中
仍然喻示着
那不可企及的
慈爱与威严

1983 北京

从一把泥土感受祖国

一把泥土
干硬的、粗糙的
柔软的、湿润的
一棵玉米穿过我的眼睛

有风吹过
泥土沟涌的声音漫过脚趾
牛和犁头站在很远的月下
在更远的地方
大河流在天边

有土,就有陶片,有灯
有汗珠说出的全部语言
就有牛铃,门就可以望见
就有珍藏万年的血脉
那是比生命更深厚的母亲的炊烟
它教会我说:热爱

一把泥土,有根,有梢
哪一把泥土都是回家的路

1992.10

长城随想

以一支羌笛的苍茫和飘洒
我发现那些历史已经风化

谁被埋在大漠里,那是谁的心跳
我企望那一轮圆日,流淌的光华

沉浮千年的道路起于哪一片砖瓦
梦很简单,足迹很复杂

哦,那是我的骨肉我的伤口
我的万劫不灭的长城
我欲说还休的话

1990.2

丝绸之梦

月薄如水
烛光也如水
照中国
如一条卧蚕
吐悠长的丝
于九百六十万平方公里的
叶片

那冰若肌肤、光若初雪的
丝绸的大河呵
有推波叠涌的悄然无声
有暗香袭来,梅影颤颤
有逼人眼目的缭乱的光斑
有幽深的大柱与大柱间
妃子软软的脚步
有编钟鼓乐里
龙飞凤舞的灿烂鳞片
铜镜中
重织一曲黄河之水
重织一缕大漠孤烟

重织一座座高台烽火
重织一垛垛城门
一册册诗篇

哦,中国
月下松旁的中国
手捧竹筒的中国
瓷瓶叮咚作响的中国呵
你丝质的文化
使石刻的、铜铸的
沉沉的华夏之魂
飞扬起来,升会起来了
今夜
在蝉翼般轻薄
波浪般滑软的
丝绸的大河里
有哪一位郑和要去远航
要航出一条西又复西的通路
成为飘带了

1985.10 西安

纯真
——致韩美林

他的小狐狸还在睡觉,
他的小狗还在看门,
他的小公鸡刚学会唱歌,
他的小老虎却永远不会咬人。
呵,朋友是多么可亲!

他的画笔是它们的窝,
他的画板上有它们的脚印,
他和它们每天在画纸上相约,
他一滴墨,湿润了淳淳的感情。
呵,友爱是多么深沉!

画家的须发一根根脱落,
谁能历数这深厚的含蕴?
但无论是谁在这画前
都会坚信:人的心灵应该是
永远不会被污染的天空!

春天的第一缕阳光

这是春天的第一缕阳光——
她笑着,跑着,
穿着最美的衣裳。
她是春天的女儿,
有着春风的温柔,
春雨的热烈,
她把五彩的光芒,
铺在大地上。

这是春天的第一缕阳光——
她是飘着奶香的暖暖的摇篮,
让婴儿的小脚丫,一步
就稳稳地站在大地上;
她母亲怀中的针线,
缝呵,扯呵,
连接着上个世纪的夜晚,
和明天的向往;
她是太阳发来的一封信,一声催促:
快到广阔的生活中去吧,
劳动、欢乐,甚至流泪,

让活力四射,
让长发飞扬!

这是春天的第一缕阳光——
她是未来奥运会的火种,
就闪烁在中国女儿的眼中心上;
她是大屏幕上的一个亮点,
孕藏着无穷的信息和能量。
她连接着每个人、每条街道,
用她来编织所有的中国结吧,
让家家户户都喊着大红大绿的
幸福和吉祥!
她长长的情感缠绕着女儿的心,
世界,你看见了吗?
——黑色的是智慧,
黄色的是笑容,
红色的是爱情,
绿色的是生命,
蓝色的是梦想……

这就中国的女儿,
女儿的双手,
在把一个新世纪的黎明
轻轻摇晃……

第八只朱鹮

1980年，经调查，我国仅剩陕西和洋县的七只朱鹮，于是，画家韩美林在纸上画下了第八只朱鹮

一

我长久地想念你，北方，
那刮过强悍的风的黄土高原，
和洋县不知名的小小泥塘。
白身、粉翅、红眼圈的朱鹮呵，
七只孤单、高雅的身影，
起舞着亿万年历史的沧桑。
只有七只，只有七只了！
对影、孤鸣、
徘徊、哀唱，
在这荒凉的地球的最后一角，
几点殷红和纯白
飘散如
渐渐熄灭的火光。

二

当茫茫宇宙间，

还有阴险的子弹和
愚昧的眼睛时，
无论射杀鸟兽和射杀人类，
枪声，
都是同样的炸响。
于是，
朱鹮身上的血，
和画家心上的血，
同时溅淌……
子弹
把穆天子传颂的鹤之舞
和吟咏了千年的
"临风振羽仪"的诗行，
连同一个古老民族
借助于"吉祥红鹤"的祝福，
深深地埋葬……

三

于是，世界濒危动物的红皮书上，
重重的笔添上了
白身、粉翅、红眼圈的朱鹮，
和中国的名字。
于是，画家以他的笔
急切切，
绘成第八只朱鹮——
永远长唳，不再歌唱！

栖息在和洋县树枝上的
画家的心呵，
在风雨中，扇动着
谁也折不断的翅膀！

四

而我，愿意做黛青色纸上的
那颗墨滴，
永远飞翔。
为证实人类曾经有过的
残忍和荒唐，
为破坏了的大自然和濒危的生命，
为真正的人的美丽和善良，
我飞翔。
我要唱一支朱鹮的歌：
拯救一个种族吧，
在经历了同样灾难和
同样浩劫之后，
把对人类的责任和良知，
担在肩上！

母与子

黑夜。冰冷的云。
大草原一片混沌。
一团光,
一团洁白、朦胧的光,
在旷野的风中沉隐。

我洼地里的大羊和小羊呵,
我紧紧依偎着的孩子和母亲!
你们在做什么呢?
当夜风又一次地掀起黄尘……
是垂下头,轻轻地挨擦,
还是让那小小的嘴唇,
因为奶汁而湿润?
或者你们都一动不动,
任柔顺的毛在风中,
护卫着一片小小的温煦?

一团光,
一团纯净、轻柔的光,
在夜的大草滩上,沉隐,

使每一颗沙粒，

每一片草叶，

每一个睡着和醒着的生命，

都思念起

母亲……

小巢

百灵和鹨鸪在沙地上做巢,
秧鸡和大雁在草丛中做巢,
喜鹊和黄莺在绿叶间做巢,
呵,呢喃在天地间的圆圆的小巢!

小巢中有生命在嬉戏,它啄啄羽毛,
风更加纯洁,密林涌起一片波涛,
我看见鸟儿们闪动的信任的目光,
我说亲爱的,请在我的肩上筑巢。

用长满锈斑的枪管做树枝吧,
和平是沉重的,却又有多么亲切的味道:
在腐烂发黑的枪托旁,
一只纯净的鸟蛋在闪耀!

鸟儿

鸟儿是树枝上永远的花朵
灿烂于季节之外的漫漫的风尘
鸟儿是栖在头顶的墨色雨声
总溅起离春很近的点点温馨
鸟儿是远方几羽要飘未飘的叶子
暖暖
覆盖我多雪的脚印

燕子

梦里有一道蓝黑色的闪电,
斜斜地划过,像风,像燃烧的火焰,
可窗外正是漫天大雪呵,
沉沉地压低了屋檐上的冬天。

那是燕子在漫天雪花中飞舞,
它是热情,它要融化,它在呼唤,
我听见雨在冰冻的云层里喧闹,
那是燕翅上洒落的一滴水点。

于是有生命在大风雪中成长——
有帆影,有车笛,有远浪层山,
希望从来是埋葬在冰雪下的种子,
向着天空和大地播撒嫩芽叶片!

这不是梦,这是梦一般的真实,
看茸茸的绿已漫上古长城的青砖。
因为我们,每只手掌都是个洒满阳光的巢,
春天正在这里温柔地呢喃……

马群

我仿佛听到了如雨的蹄声……

草原，燃烧的七月
爱情和忠诚
吹起马鬃的长长的风呵
像棕色的缎子滑过
动荡不安的大地和天空
马群，拥上岩石
俯瞰低垂的天空下
因为敲打而战栗的大地
因为嘶叫而复活的大地
温润的双唇咀嚼着
咸味的太阳和风
故乡呵
这真实的、充盈的生命
为了爱你
悬挂草原所有流动的旗帜吧
——那不可征服的
不可止息的

风暴般卷过的
身影

为寻找遥远的草原的精灵
我企望,自由而高傲的大地上
狂奔的马群……

最后一分钟

午夜。香港，
让我拉住你的手，
倾听最后一分钟的风雨归程，
听你越走越近的脚步，
听所有中国人的心跳和叩问。

最后一分钟
是旗帜的形状，
是天地间缓缓上升的红色，
是旗杆——挺直的中国人的脊梁，
是展开的，香港的土地和天空，
是万众欢腾中刹那的寂静
是寂静中谁的微微颤抖的嘴唇，
是谁在泪水中一遍又一遍
轻轻地呼喊着那个名字：
香港，香港，我们的心！

我看见，
虎门上空的最后一缕硝烟，
在百年后的最后一分钟

终于散尽；
被撕碎的历史教科书，
第 1997 页上，
那深入骨髓的伤痕，
已将血和刀光
铸进我们的灵魂。
当一纸发黄的旧条约悄然落地，
烟尘中浮现出来的
长城的脸上，黄皮肤的脸上，
是什么在缓缓地流淌——
百年的痛苦和欢乐，
都穿过这一滴泪珠，
使大海沸腾！

此刻，
是午夜，又是清晨，
所有的眼睛都是崭新的日出，
所有的礼炮都是世纪的钟声。
香港，让我紧紧拉住你的手吧，
倾听最后一分钟的风雨归程，
最后去奔跑，去拥抱，
去迎接那新鲜的
含露的、芳香的
扎根在深深大地上的
第一朵紫荆…….

记住汶川：十四点二十八分

这是十四点二十八分的汶川
山崩地裂、江河折断、巨石倒倾
当烟尘和巨大的震颤声隆隆散去
生与死、天与地竟这样的近
近到只隔一层断墙、一片碎瓦
甚至两行热泪，以及被埋在黑暗中的
再也触不到的指尖和体温……

十四点二十八分！
中国的心从此被撕裂成两半
一半在废墟下沉重地喘息
一半在大雨中痛哭着找寻
那是谁的鞋子、谁的玩具、谁的课本
谁的停走的钟表
谁的万劫不复的亲人？

十四点二十八分！
弥漫着尘土的滚动的新闻
一场令人窒息的立体战争
越过塌方、泥石流和冲击波

在中国大地上悲壮地牵动人心
从总书记亲临现场的彻夜不停的脚步
到总理低头的默哀,嘶哑的喉咙
从抢险士兵血肉模糊的手指
到输血站前长长的身影……
十万抢险大军,全民族的血脉和氧气
此刻都汇聚向汶川
看我们将托起一个
十四点二十八分的不沉的中国,
她将向世界展示
怎样的团结、勇敢和自信

十四点二十八分
那是又一只从废墟中
刚刚刨出的颤抖的手臂
快啊,拉住他,这是我祖国的十三亿分之一
拉住他,决不能放松
因为,这是我们民族共同的生命!

点亮一盏灯

在北川灾区
我怀念一位普通的人

此刻,世界上只有一种爱
那就是他眼中的泪水,掌心的光明
此刻,世界上只有一种颜色
那就是他橘红色的工作服,以及
残垣断壁中他托起的
那一团橘红色的生命——
一盏盏如太阳般
缓缓上升的灯

汪志刚,当他从
倒塌的废墟中爬出来
谁能知道,他的每一个脚印
都是疼痛
他把心,留在那十几米厚的
碎石瓦砾下了——
他曾怎样在黑夜中嘶哑了嗓子寻找着
又怎样绝望地攥紧自己滴血的心

烟尘和巨响,隔断了多少生死天涯
但每时每刻,他都仿佛仍能听到
小女儿惊恐的喊叫:
"爸爸,抱抱我,我怕黑!"

于是为了承诺这小小的飘着奶香的话语
他说:我绝不会离开这里
我要给废墟下的女儿,点亮一盏灯
给所有的孩子,点亮一盏灯
给黑暗中的北川,点亮一盏灯

于是,他用单薄的背影
挡住了滑坡的巨石
暴雨的子弹、楼板的跳动
于是,他从险峻的余震中爬出来
扛起发电机、电缆和钢丝绳
他的泪水在电线上闪烁
咬紧嘴唇、睁大双眼
小心翼翼地呵护着
手心里那一小团光明
那薄薄的、脆弱的、珍贵的
那一盏玻璃的灯
但又是多么清澈和透明呵
带着他的体温和热量
一盏、两盏,照彻北川
就像他的心和他的微笑
一旦点亮了就不会熄灭
长如一生……

光明在前

这是一片黑色的废墟
这是死过三次的城——
山崩地裂的倾覆之城
暴雨泥石流的填埋之城
堰塞湖洪水的席卷之城
这是一座死亡之城

但却有电,从你看不见的地方
嗡嗡流过……

据说,地震过后
第一个夜晚是漆黑的、混乱的、哭喊的
或者是深渊,比死亡更静
而第二个夜晚
电流就突然苏醒
震后的第一盏灯瞬间亮了
迸射的光晕里
是人们伸出的双手、渴盼的眼睛
橘红色的应急发电车说来就来了
喘息着、轰鸣着

那些身穿橘红色工服的工人呵
来不及抖掉碎石和暴雨的泥浆
来不及打探亲人的生死
强忍悲痛
用钳、用锤、用螺丝钉
扶起一根根倒塌的电杆，接通电缆
他们攀爬在三十米高的铁塔上
飞跃巨浪滚滚的堰塞湖
在乌云和闪电背后
你分不清是鹰，还是工人……
他们用身躯和手臂
结网——合闸
风忽然热了一下
接着，一盏灯、两盏灯
北川亮了，中国亮了
炊烟升起，马达轰鸣
失血的中国，今天你的体温
是二百二十伏特的勇敢和赤诚

在擂鼓镇，一栋
天蓝色的木板房里
整齐的报表、橘红色的工作服
头盔、手电筒、应急灯
泥浆斑斑的工作靴
组成了新的"北川供电公司"
它让从这里走过的人，懂得了
勇敢和生命

是中国最强马力的发电机组
轰隆隆地辉映着
屋顶上的一面鲜艳的五星红旗
高高飘扬在万里晴空

四海一心
——致敬国际大救援

踏着余震、泥石流和滚动的碎石
从云中雾中海中，从哪一条崎岖小路
你们来了，穿迷彩服、橙蓝色服装的
国际救援队、志愿者们
你们手挽着手，在废墟上
挖掘、抢救、搜寻
结成一道震不垮的世界长城

疼痛是不需要翻译的
每一分钟，你们手中的切割机
都是氧和生命
你们连夜奋战，你们和衣而眠
当你们的手与灾民紧紧相握
这些白色皮肤、棕色皮肤、黄色皮肤的体温
便让震区寒冷的雨夜
增添了多少温暖
你们凝重的面色，匆匆的脚步，疲惫的身影
都在说：
爱是没有国界的，为了生命……

手术帐篷里，你们雪白的
绷带，缠绕着
让大地感到安定
当一条干瘪的血管里流淌着你们的血
就仿佛世界又诞生了一次新的黎明
而面对逝者，你们垂下头来
眼里流下了同样咸涩的泪
人类的泪，映着亲情和悲悯……

多么辽阔呵
仿佛加勒比海的涛声
大西洋的喧嚣
贝加尔湖的波浪
都在广场上汇集
看孩子们依偎着
你们运来
又搭建好的崭新的帐篷
睡熟了，他们枕着的
又是哪片大陆、哪个国家
哪些母亲的怀抱和体温
在这片片蓝色帐篷海的背后
我仿佛看见：摩天大楼下
有身背募捐箱的孩子
有义演义卖的热心人士
都面向中国的西南
敞开爱的大门……

"SOS!SOS!"
当北纬31°、东经103.4°摇晃起来
全世界的手都赶来扶稳!

今天,当中国总理和联合国秘书长
站在映秀镇的废墟上
代替红地毯的,是大风卷起扬尘
但他们背后
有五星红旗在高高飘扬
有整个世界
有全人类跳动的同一颗心!

2008.5

祈福

从下而上，祈福的路越升越高
犹如幸福，总在前头引领
左边是太行，右边是黄河
踏着这生长糜子、煤炭，
也生长愿望的蜿蜒石阶
我双手合掌，两肩风尘

走了多少年才来到这里
多少奔波、劳碌、损耗的生命
静静地点燃那些欲说还休的话
为心中珍藏的爱
那最细微、最柔软的一瞬

为绵羊嘴里的草，母亲细细的叮咛
为明天的阳光，鸟叫的动听
为那些曾让我们流泪的一夜
用母亲灶下点灯的火
父亲抽烟烧窑的火
用孩子油灯下做功课的火
用打铁的火、取暖的火

用屋檐下的鞭炮、夏日里的流萤
点燃手中的香烛吧
让幸福和温暖更真实，就是身边

我弯腰，摸到了海
我站直，触到了天
在天和海之间，是那么多
面朝黄土的人们
像石头和泥土一样简单地活着
在前，在后，滚滚一片
他们在香火明灭中穿行
他们本身就是火焰……

那天的雨水，把烛火熄灭又浇燃
那是上苍慈爱的手，轻拍着
满怀希望的人们
今夜
该有一个幸福圆满的梦了
我手中的三支香燃烧着，燃烧着
点香的那刻
烛火照亮了我们的眼睛

2012.8

留一条根在那片土地

留一条根在那片土地
在那片叫下洼镇的土地
中国还有多少漫长的海边洼地
但我的根只在那里的枣园生长

留一条根在那片土地
紧紧抓住泛白的盐碱和风霜
抓住腥味的网、倒灌的海浪
抓住干涸在半空中的雨、龟裂的太阳
谁说这里是艰涩的
去俯下身子亲吻它们吧
每一片沙碛和野草
都是我的血肉故乡

留一条根在那片土地
我要收藏母亲的眼泪、父亲的忧伤
去看他们的炊烟怎样
一点点在屋顶上飘散
去心疼他们的白布小褂
怎样一层层泛黄

去认识磨秃的铁锨、地头的干粮
让他们用粗糙的大手抚摸吧
我要吸吮每一粒砸落的汗珠
品它的滚烫……

留一条根在那片土地
看三百年前老枣树的神话
每天都在变样
听他的子孙们，如今
在枣林中笑声朗朗
看他是如何挖坑，如何剪枝
如何培土，又如何
在组培楼里
把一棵棵酸枣的细枝
与甜蜜嫁接
让新扩建的库房
堆不下多年的梦想……

留一条根在那片土地
我要凝聚内心的感激——
下洼镇，让我重新认识了
贫困、亲情和力量
从此，我的血脉不停息地
流淌着黄河水
我蔓延成了火
我生长金子的光芒
一棵枣树，用它的根在地下

歌唱着爱
看那堆积入云的红色宝石吧
每一颗枣都是幸福的形状……

2003.7

岛

像一抹云,像一片帆,
一座小岛露出茫茫水面,
起风了,一朵浪花能把它淹没,
鸟飞来,一只翅膀能把它遮掩。

而今,我们来这里安营扎寨,
向大淀借岛,升一缕炊烟,
听队长喊:感谢你,小小的陆地,
暂且做水兵的第一块甲板!

每天,亮晶晶的汗珠烫沸了大淀,
报告祖国,我们在浪尖上钻井勘探,
看,泥浆喷涌,钻杆飞转,日日夜夜,
直震得波涛飞卷,小岛摇颤。
说什么寂寞,"后脚出屋,前脚进淀",
那每阵涛声都像是报喜的鼓点!
攀上井架,蓝工装和水鸟同鼓起翅膀,
抢运器材,一支篙和鱼群同划破水面……

任狂风几次吹断运输线,

任潮水几次漫过床板,
没有粮菜,却有诗画,
嚼口芦根吧,味道里有苦,更有甜!

这哪里是岛,明明是一座钻台,
这哪里是岛,明明是一眼喷泉,
只待明天,队长一声喊"起钻!"
汹涌的油浪将汇成另一片大淀!

女孩子、油工衣和毛线团

每天早晨,
是她们手里的毛线团,
把我搔醒。
那毛茸茸的
有温热体温和感情的毛线团。
它滚出好远,仿佛
一下子撞得满天通红。
太阳,也化作一个红绒球,
在她们怀里滚动。
"樱桃花"、"波浪花"、"柳叶花",
一切春天的花都在盐碱滩中。

长长的毛线调皮地抖动,
我真想扯着它,
一直走进她们的眼睛。
我看见:
井架、沉重的钢铁、坚硬的冰。
在洗脸水都定量的荒滩上,
她们穿着粗糙的工衣,
戴着潮湿的手套,

去推动柴油机和泥浆泵,
那些灰色和黄色的
油污和泥浆的花,
便开在蓝工装的前胸……

呵,花呵,花呵,
你生长在什么样的土地之中!

十八岁的年龄,是开花的年龄。
这年龄是那样富饶,
只要有种子,就有花朵,
生活,就该从彩色开始,
无论井架,无论泥沙,
无论褪色的工棚……

于是,
一个蹦蹦跳跳的毛线团,
从几百里路外母亲的心上,
扯出了一条弯弯曲曲的
粗粗细细的小径,
它缠着沙柳的影子,
迎着旷野的风,
在渺无人烟的荒滩上,
在稀疏的芦苇间,
绕着井架滚动,
它跑着,闪着耀眼的光芒,
摇一串热情的铃……

呵，毛线团，它把
这个世界装扮得多么美丽呵！
蓝天下，
二月的风沙，十一月的冰，
一起变幻成花朵、鸟翅、
密集的焊花和烟囱。
那一条扯不断的彩色的线，
久久地依恋着
冻肿的手指、干裂的嘴唇、
匆匆飘起的一缕黑发和
微笑的眼睛。
这在我们心中成长起来的一切呵，
劳动，是多么值得依恋和珍重！
于是，在高大的钻塔下，
在飘着炊烟的工棚前，
一个女孩子，一件油工衣，
一点滴溜溜旋转的红……

一点滴溜溜旋转的红……
祖国呵，你就是这样，
从钢铁和毛线开始，
坚实而又温柔地
走进她们心中。
八点班，四点班，零点班，
当她们接连穿上油工衣
巡回在井场时，
我便知道了，从此，

她们会以多么庄严的美丽，
度过她们的一生……

天上的云朵洁白又轻盈，
我们都是
在这些云朵下生长的女儿呵！
青春，都该有一段彩色的毛线
留在心中。
把大地缠绕起来吧！
我真希望每天早晨，
她们都用笑声，
敲我的小窗，
然后又用毛线团，
把我摇醒，
轻轻地告诉我许多事情，
许多许多，关于
女孩子们自己的事情……

1981.11 山东·胜利油田

淘金者
——听石油工人讲历史

淘金者,
是不需要姓名的,
他们把姓名都换了酒喝。

淘金者,
于是成年累月地
蹲在雾气沉沉的涧底,
掷生命于
冰冷刺骨的河水,
成永远的
最后一次赌注。

直到命运
燃成一缕断续的香火,
然后或者暴躁,
或者疯狂,
或者绝望,
或者一个个死去。
这就是石油河

陡峭的岩壁上，
一排黑森森的窑洞，
荡起的黑森森的回声。

呵，这令人迷乱、
使人眩晕、
叫人震惊的
祁连金矿呵，
你诱惑在哪一捧
湍急的水中？

这时有井架在山峦上浮动，
浮动如油罐车扬起的黄尘；
有一座山峰又一座山峰，
喧哗着从钻杆下滔滔流过；
有飞沙、石砾和雪粉，
从敞开的老羊皮袄中
呼啸流过；
有遥远的驼铃和
大头鞋的敲打，
从油污的行李卷下流过；
有结着厚茧的输油管线，
从红肿的肩上流过；
有陇北浊音的高腔号子，
从粗硬的胡茬中流过；
有远远的一弯祁连月光，
那么留恋地

从热气腾腾的皮帽上流过……

淘洗，
淘洗，
淘洗……

今天，
一位老工人坐在
石油河边，
默默地沉思。
他的手上捧着个
光芒四射的金矿
——玉门！

于是我想歌颂这些
淘金者，
但这些淘金者
是不需要姓名的，
他们把姓名都化成了石油，
化成了茫茫祁连的
雪和风……

1985.8 玉门油田

黑甜甜

没有鸟儿的地方
怎么会有种子呢?
没有泥土的地方
怎么会有花朵呢?
没有雨水的地方
怎么会有果实呢?
然而有了你,
才会有这黑甜甜呀,
抽油机旁,
闪着黑眼睛的小姑娘!

从此,你软软的小辫子,
要塞在一顶
油污的工作帽里了;
你匆匆的脚步
要去数那些
翻不尽的山梁了;
你要从一口油井
到一口油井
到另一口油井,

飞来飞去地采蜜了;
那沉重的管钳要在
海拔两千七百米以上的
你的背上
敲打,敲打成
黑甜甜一样的
沙声歌唱了。

黑甜甜毕竟长在
这荒凉的乱石丛中了。

在太阳下
晒你紫红紫红的小果实吧,
在风沙中
洗你墨绿墨绿的小叶片吧,
穿蓝工衣的黑甜甜,
提采油桶的黑甜甜,
你行走在
连兔子也留不下脚印的
小路上,
连鹰也印不下影子的
小路上,
只有风,
吹起紧一阵慢一阵的哨子,
把你辽阔清冷的脚步,
独说给油井听。
在万山之巅,那

挂不住月亮的小小井口房，
你的手电，却永远亮成
一轮满月。

呵，
寂寞的黑甜甜
无端端地流泪了。

然而隔着大山，
是看不见你流泪的，
即使走过你的身边，
也总是寻不到你的踪影，
只看到风沙又厚了一层，
只看到一条条输油管线
蜿蜒而过，
那是被你的鞋子磨破了的
你的小路呵！
只看到冰雪和炎阳
又一次消融，
那每口油井的油涛都涌流着，
空气里弥漫着
湿润的甘甜……

黑甜甜的果实
使我们都充盈了。

谁能说出来,
在怪石嶙峋的丛山中,
黑甜甜的根有多长?

1985.9 玉门油田·鸭儿峡

给中国第一口油井

1907，当标号"中国"的三棱钻头
沉沉地落在黄土高原
那一刻，模糊了数字的东经和北纬
倾斜的交叉点上
太阳轰鸣，群山逶迤，大漠旋转
东方的大秦之地第一次微微颤动

龟裂脚掌下这不知名的一点
中国的第一波油浪
携龟甲、陶片、青铜和千年大梦
喷薄而出
在古长城坍塌的垛口下
汇成一条黑亮黏稠的大河
井口涌动

那时曾祖母正坐在炕头纳鞋底
她的针尖，从不知道什么叫油井
那时腰里别着辫子的牧羊人
翻穿羊皮袄
在石油中翻拣种子和牛马
他们仰头回望

矿山呵，铁路呵，石油呵
从什么时候起都站成了
工厂的烟囱和冒着白烟的火车
光绪那年，空气里总有些异样
满坡的玉米
唰啦啦地举起了红缨

中国的第一口油井
其波荡荡
那生命的波涌，大地的乳汁
日月出没其里，汗珠抛入血脉
兽爪在旁，鸟翅在上
犁和闪电，在几个朝代中耕耘

时间从第一滴流尽最后一滴
百年沧桑，看井口的星星
已坠落成大地的回声
只有黑色的铁链晃动着
油迹斑斑，锈迹斑斑
一切都已凝固
眼睛都已凝固
但你是百年的守望者
曾经捧着的那团火
仍从那不知名的东经和北纬，涌出
一线、一滴、一朵
落在曾祖母的小油灯里
照亮家园与山河……

────────
＊中国的第一口油井于清光绪三十三年（1907年）打成，在陕北延长油田域内。

裹红头巾的钻塔
——怀念女子钻井队

深夜钻台上
钻机已轰隆隆震响
一匹嚼风沙的铁兽投下了巨大的阴影
钻杆高悬在头上,滴着水,冒着气
沉沉地压下来
你冲上去,努力推动大钳
咬紧那座
摇摇欲坠的山峰

你的棉工装上又是一层泥浆
而钻台上的冰让你的大头鞋滑行
你冻硬的帆布手套上是油污和泥水
这颤抖的刹把之夜、钢丝绳之夜呵
绞车飞旋,转盘飞旋,钻头飞旋
你手上细小的裂口是否感到了疼痛

铝盔下你被高原风吹红了两颊
你仍跃动不止,汗水和呵气都已结冰
脚下的冰又化成小小的水洼,你踩着
夜风寒冷,流沙细细,如蛇般滑行

漫漫长夜能打个盹儿该多好
此刻，毛线团滚动，红头巾闪过
小桌上有镜子，手机上有短信……
而列车房里的一切都已陷进无边的黑暗
夜是多么大呵
只有高耸的井架和你，和一团灯晕
你升起在黄土高原的万山之巅
你在飞，这一夜我恍若有梦……

直到你甩着长发走回宿舍
我真想轻轻地叫你小云、大凤或是玲玲……

＊延长油田活跃着一支女子钻井队

大地辽阔
Lixiaoyu Shixuan

在舞钢轧钢厂

在二十一世纪的入口处,在中国
在壮观的跨海大桥、鸟巢状的
体育场和正在升空的
银灰色火箭背后,我看见
宇宙是球形的、拱形的、S形的、U形的
甚至是我们辽阔的、无边无际的梦……

这里是轧钢车间
高温、热浪、水汽、颤抖、巨大的轰鸣
所有的大锤、轴承、仪表、指针都喘息着
所有的钢梁、钢架、钢板都绷紧神经
千钧一发蓄力待发铺天盖地
等待捕捉那瞬间的钢铁的闪电
那轰然砸下的动地雷鸣
等待将那通红的钢锭的山
卷着漩涡的岩浆的河
移动、吞吐,反复地在传送带上
冲、撞、挤、压、锤、揉、牵、拉……
此刻所有的动词,都在传送带上溅出火星
都在燃烧、加压、淬火、蒸腾、搏斗——

就像生活，汗流浃背又酣畅淋漓
就像爱，未及说出便燃烧欲焚……

十米，二十米，五十米……前进……
幽蓝的力量和意志渐渐透出钢板
然后，轧钢机用巨大的阴影省略了一切
在天地大开大合之处，光芒暗谢
一枝柔软的钢铁的玫瑰
斜倚在五月的掌上……

最后，我看见
一位轧钢工人——这盛大的燏火者
正用一个指头从容地操作着按钮
他的工作服上有烧焦的小洞……

红屋顶

红屋顶，天边的朝霞或晚霞
遥远的，像梦……

这些钢水般沸腾又流动的红屋顶
这些散发着钢铁般灼热的红屋顶
只看一眼，就让人心动

像雨后洗净又晾干的孩子的积木
散发出阳光和肥皂的香味
它们用展翅欲飞的红色
喷溅着小小的火苗，岁月的火苗
昭示着钢城曾经的日子和苦乐
它们用高高低低的红色，提醒我们
什么是钢铁的美和灵魂

在舞钢，大片大片的红屋顶是快乐的
它们肆意开放在绿荫深处
蜜蜂在燃烧的花海中赶路，采红色的蜜
随意泼溅给行人
而在湛蓝的石漫滩水库的倒影中

是谁把一声鸟鸣丢进湖里
让斜斜的红屋顶
碎成无数红裙子、羞怯的红色的鱼
和漫天漫地赤脚奔跑的
光影

为一切微小的事物感动吧
一茎爬山虎或一缕银色的月光
左边的雨,右边的风
拉上窗帘,点起小灯
两杯晃动的葡萄酒
在红屋顶小心翼翼的呵护下
谁知又隐藏起多少
炼钢工人和园林女工的
甜蜜的爱情……

龙泉仗剑行

"借问宝剑何处寻
牧童遥指龙泉村"

在龙泉村
我是白衣飘飘的仗剑人
那怀中剑匣,像历史一样沧桑

从千度的冶铁炉中直泻而下
一道通红铁水,灿烂成
大地的黄土、麦浪
一柄金光四射的龙泉宝剑,薄刃、寒光!
再淬清冽冰冷的龙泉之水
一滴滴飞起,直指
浩瀚银河,满天星辰,北斗天狼!

一怀孤月,三杯烈酒
嵩岳千山,黄河风浪
拔剑四顾
何处是我梦绕魂牵的故乡

于是我仰天向东南，那是垓下的悲怆
刘邦项羽，乌江激浪，一剑定楚汉乾坤
于是我打马向西北，那是铠甲的边关
旌旗猎猎，沙场大风，仍闻宝剑的铿锵
英雄柔肠血气方刚千年中华大梦
都鸣响在一柄纵贯历史的青锋刃上

而今，龙泉还在，铁还在，人还在
请看矿山巍峨矿石滚滚烟尘漫天
请看舞钢的高功率电炉仍流出炉炉好钢
在龙泉村，中原大地依旧是麦子熟了太阳高照
而我是白衣飘飘的仗剑人，我寻梦舞钢
一只燕子飞来，使我的梦
带有铁器的芳香和叮当……

在二郎山山路上

踩着一路飞瀑、鸣泉、浓荫
在二郎山蜿蜒的山路上
与一位农民擦肩而过

这位普通的农民
怀里抱着一个熟睡的孩子
他的女人扶着他的腰
手里提着孩子的塑料凉鞋
小心地一步步迈下陡峭石阶
他晃晃悠悠的身影、飘飞的衣襟
宣告了一场农事的紧张和疲惫都已结束
他用穿着解放鞋的大脚
一路拍响心满意足的欢乐:
"二郎神……""二郎神……"

厚嘴唇的野草抚摸着他们
敦厚慈祥的小花簇拥着他们
我知道,山下云开处就是他们的家
他们的家里有麦子刚刚收过
三遍碾压、三遍晾晒

此时，已装得满仓满屯

他们的家里有小板凳、有水井、

有鸡、有狗、有咸菜缸、

有炊烟、有篱笆织成的柴门……

与刚刚路过的高大威武的二郎神像不同

这个普通的农民

他没有托塔和神戟

也没有第三只眼睛

他只有两只眼睛

只能看清丰收和歉收

他黝黑粗糙的大手上，

托着他收获的最沉的麦捆——一个孩子

有时候，幸福就像麦捆一样简单

在二郎山越盘越低的山路上，我看见

一辆沾着麦芒、汗渍和山风的小小农用车

——这幸福的一家三口，轰隆隆地

正一步步从天上走到人间……

听松

到黄山来,看山奇水秀,
到黄山来,听松涛奔涌!

夜半听松,听涛声推月,
清晨听松,听松声拍门。
如奔马过隙、蹄声万点、沉沉隐隐,
如雨打石壁、乱流急湍、鼓声隆隆。
待风吹石动,
那团团簇簇的浅绿、深绿、浓绿呵,
从千米高峰上一泻而下,
万涧回应、万山共鸣……

我到黄山来,
先识迎客松——

你是遗落在宇宙间的第一颗种子吗?
绝壁岩缝、乱石丛中,
一条细小的根脉,
摸索着、摸索着……
黑暗围拢,

却无法使你窒息,
岩石压迫,你敢用头颅说:
我要给岩石以温度和生命!
渴饮黄山云雾,
饥食漫天大风,
当你破石而生、怒放第一根针叶时,
那一抹绿色,却明亮了世界,
你给了黄山以
满山松柏和姿态万千的生命!

我到黄山来,
最爱迎客松——

盘结于危岩峭壁之上,
挺立于深壑幽谷之中;
惊天霹雳下,你的枝条
是划破长空的闪电,拔剑起舞,
艳阳烈日中,你的松针
展开一面面墨绿色的旗帜,
呼啦啦漫天舞动;
任冰雪压枝、乱云飞渡,
你比我们都更接近蓝天和太阳,
浮云逝水,樵夫山歌,
你生长千年却仍然葱郁苍劲,
缓慢的一厘米、一厘米呵,
却节节都是好钢、好铜!

我到黄山来，
高唱迎客松——

你从容，任脚下是万丈深渊，
你只微微一笑，飘展如鹰，
你热情，你伸出一只好客的手臂
搀扶迷路的云，疲倦的鸟，
拥五湖四海的人们入怀，
你用松涛悄声说：到家了，
你用绿色给人们洗尘接风，
你亲切得像我的父亲母亲，
又给人们指明——
前面有路，路上峰顶！

到黄山来，看山奇水秀。
到黄山来，听松涛奔涌……

二郎山之秋

我从你燃烧的红叶间穿过
我们的车,擦着了漫山的火焰
冷杉、杜鹃、竹海、苔藓
连同缠绵秋雨
一起滴落成绚烂的红色
那回声
又热烈,又清冷,又空旷……

盘山公路。急转弯。在天边刹车
锁住轮下的任意一条
不知名的深藏的小溪
看红叶在河水中下沉
它们飘去的方向,全都
朝着一个雨雾包裹的小城
——天全

秋深了,霜重了
撒在泥地上的盐粒更亮了
月光下,钻出深山老林
雄鹿闪闪的枝角

划破阴霾和黑暗
成为那些秋夜里
绝亮的闪电!

华山论剑

华山论剑，剑是一座华山

只有在山高峰陡的曲径
才能谈石的磨砺、火的冶炼
只有在离天最近的地方
才配论英雄的豪气与肝胆
在剑锋上行走
头上是日月霞海，星移斗转
看银河滔滔流过，时空泻远
脚下是来路，壁立倒悬
湿漉漉的手心里
抓不住冰凉的铁链
向上，向上，一步一喘，腿软脚酸
踏着前行人的脚窝
哪里是鹰翅，哪里是流云飞雾
惊回首，千丈深渊，万顷松涛
都在悬崖上，白刃闪闪……

华山论剑，剑是壮阔的怀抱

每个登上顶峰的人,都会长舒一口气
都会将汗珠掷地,铿锵有声
都会临风笑傲:我是英雄!
"擦耳崖"、"上天梯"、"鹞子翻身"……
——从此,都视为平地
走过华山路的,
权当把五千年岁月都一步步跨过
那无数冰河铁马、垓下孤箫
生活艰辛、成长磨难
都如同过往旧梦,埋进云里雾里
只把云海中的前路,放眼醉看……

华山论剑,剑是一颗心,滚烫

抚剑四顾,还是昨天的满腔热血
还是一株如火红枫,流苏更艳
爱,还是热的
且以华山的名义,望尽远方——
渭水如带,黄牛铁犁
结绳记事,民族摇篮
厚土下依然有根深叶茂
苍天下依然有袅袅炊烟
那每一株禾苗都让人心颤
那每一声牛铃都感地动天

华山论剑,剑指苍天

什么是华山峰巅上最亮的一点?
——且让红日,尽染剑锋
如花,如旗,如血,如火
那辉耀千里的光芒
正刻下中华大美,史书万卷……

华山脚下听"老腔"

一条板凳,半块砖头,一把胡琴,
哪一块土坷垃都有五千年的生命!

蹲着唱的,站着吼的,
一句老腔里,换了又一代江山朝廷。

跟着秦兵汉马出征打仗,
娶媳妇养孩子日落月升……

辣词儿酸曲儿都从黄土里长出,
一副皮影,一张白布,一盏油灯。

脖子一梗,猛一声高腔气冲霄汉,
热腾腾的黄河炸开了凌汛。

眯着眼,甩一句拖腔绕过华山
就像甩过咱后院的石墙木门

祖祖辈辈,唱哭唱笑,唱生唱死
一转身,老腔它落地又生了新根。

山山水水转了多远,
也转不出这粗手里捧着的大碗。

娘亲厚土的华山
给了我的大喉咙……

初夏的冬枣林

大地上的激情!
昨晚还在狂欢的枝条刚刚平静
它们喘着气,不再颤动
它们让鼓荡的汁液渐渐沉淀下来
——再粗壮一点
呵,才能做母亲!

它们躲躲闪闪地护着一层
初结的小枣
那毛茸茸的淡绿的小枣啊
仿佛孩子刚露出的乳牙——
它还嚼不动风沙
也没有含过粗粝的盐碱
枝叶尽可能地护着它们
可这些精力充沛的欢乐的孩子们呀
却也护不住了,风一掀动
满眼是初绿的小灯笼!

我听见那一盏盏小小的罐子
在用听不见的声音喊着:

——把全部盐碱都变成蜜!
这强大的望不到边的绿色的欲望
不容分说地命令着、
汇聚着、席卷着
淹没了蜜蜂……
那程序说不清有多复杂
用阳光、海水和雨水
酝酿九九八十一天
这些小小的蜜罐
就要倾倒进生活……

这是初夏的冬枣林。下午。
而一根枝条突然横过来
在我眼前晃动
它让我看偶尔疏漏的最后一朵花:
那浅黄色的小裙子娇憨地打开
哦,一滴爱情……

此刻,空气中仿佛只有淡淡的乳味、
香甜的梦,和
哗笑后的宁静……

在沾化的滩涂上

此刻,潮水仿佛停止上涨
滩涂的镜片碎了
一大片一大片的水
明亮、寂静
堤埂上,水鸟细长的倒影
被一支桨插入,一动不动

盐山怀抱钻石而立,蓝天下
仿佛久未融化的雪
白色结晶一闪一闪
折射出阳光的坚硬
盐池渐浅,一动不动
抬头看鸟
看流云写成的时间
在滩涂上
时间,一动不动

滩涂的一侧
是河流的入海口
浩渺海浪打着漩涡奔去

风过无痕
网在水下，一动不动

而滩涂的另一侧
是几十万亩枣林
绿叶翻滚成又一片汹涌的大海
无声地喧响，花很深
枝条却告诉你
脚下很坚硬
有家园停泊在叶片后面
一动不动

一朵枣花开了
一颗枣儿渐渐变红——
一场翻天覆地的变化
这就是历史，很平静……

小榄读菊

是谁在提炼生活中的黄金
连同喜悦、未来和梦境

那流淌的花海、四溅的花浪、垂落的花瀑
那长长的璎珞、卷曲的花瓣、盛开的花心
那千姿百态的大立菊、悬崖菊、野菊……
重重叠叠,让阳光的金属直射轰鸣

这一天,是小榄的节日
她是金黄色的、含苞的或怒放的
她有稻穗似的饱满、铜铃似的笑声
她簇拥着、奔跑着、泼溅着
经历了那么多风雨和漫长的等待
终于让成千上万朵菊花,和
钢花、焊花、开发区里的电光石火
脚手架上的汗珠、五金厂里的欢欣
一起开放——
让蝶翅上隐现孩子们的笑脸
让香气溢满流水线上的产品……

还有那么多拥挤的游人——
这些种菊、育菊又最懂得赏菊的人
中国大地上最勤奋的一群
他们懂得甜蜜和美,就像蜜蜂
兴奋地扇着劳动的翅膀
提着今秋最沉的蜜罐
扑进芳香的空气里
直到把心脏
也燃烧成一粒小小的黄金……

现在,遍地菊花渐渐升高了
50米,100米,直至深邃的夜空
那是礼花,从天而落的菊花
地上地下已盖满一片灿烂的黄金……

而我是一只北方来的燕子
在这一天,我融化了翅膀上的冰凌……

中原的麦子熟了

用黄金锻打五月,中原
旋转的麦浪里隐藏着
密不透风的骄阳
无数麦穗,喷发着金属的光热
大风掀动那一望无际的麦浪

铁匠的镰
木匠的车轮
农技师的马达
奶奶的水罐和大碗
都准备着开到田垄上
好收留那一片片金子的流淌

碎屑飞溅,芒刺撩人
麦秆上尽是汗水骄阳
一只蚂蚱,用绿,生动了整个夏天
一条小蛇,像岁月从脚下蜿蜒
它已溜走,它捆不住生活的重量
一只麦鸟飞过,嘴巴
衔着偌大一颗黄金

一个娃娃笑着,摔倒又爬起
捡拾着土地的赐予——
一穗穗丢落的金黄!

圆圆的麦秸垛,一排排坐在田垄间
腾腾热气,仿佛刚揭锅的新面白馍
运麦车堆得高高,就要擦着蓝天
马和炊烟,都远走在地平线上

呵,中原的麦子熟了,
风吹粮仓,传送带上
麦粒瀑布般流淌
中原醉卧沙场
只中牟笑着,一身麦香
携酒牵牛
牛鸣哞哞,在唱……

在黄泛区

踩下去,沙地上留下个清晰的脚印
始信黄色大水真的曾从这里滔滔流过
这就是黄泛区,似乎应有
盐碱,黄沙,稀疏的野草
牛羊啃着沙地上无边的荒凉……

不远处,黄河却是一条温顺的大鱼
夕阳下酣睡着,波光粼粼
只把呼吸藏进那片细小的波纹

柳叶却突然暗了一下,风告诉我
那是哪一年,水急浪高,黄河突然改道
每偏离一米,就要改写
千百万人和千万年历史的命运
甚至炸药、掘堤、水柱、饥饿、死亡
咆哮的猛兽,是滔天黄水
还有更凶残的人

而我左手捧一把珍珠似的大米
像黄河浪花一样晶莹

右手上几颗鲜红的草莓
那尖尖的心脏一样的小小果实
用甜甜的嘴唇告诉我
黄泛区的皮肤有多湿润

一丛沙地花生悄悄爬上了我的脚面
它开白色小花,染着不褪色的黄色波纹
还有绿条纹爱笑的西瓜
白纱裙的长辫子大蒜
甚至在农业实验园里,我看见了
顶花带刺的黄瓜、雪白的草菇
五颜六色的丝儿、蔓儿、藤儿……
它们没有土,只悬挂在
黄泛区的空气和朦胧的梦中
白天,只有鸟儿才能叫出它们的名字
夜晚,它们是黄河上风中的灯

在黄泛区,一只小小蝴蝶
载着两片花瓣飞来,它说
苦难埋藏得多深
幸福就有多深……

在湿地

大片的水汽氤氲
每滴水都有河流的影子
塔头、草甸、浅洼、滩涂
一半浸在水中。阳光
晃动着，圈圈碎影

我惊异于这里每一秒钟的漫长
从草叶上拉长又拉长，一滴水珠
仿佛永远不会坠落
仿佛等待一世的苇叶，黄了又青
苇丛的背后，是多年的暗黑色水面和苔藓
是细小的水虫和刚刚长出的薄翅
划出的水痕

一条鱼和一只蜻蜓
在水上和水下刚要说些什么
只隔着一个水泡
这么快，就被风吹破
大团的乌云涌来
阴影越来越大

只依稀看到暗黑的一团
那是细腿丹顶鹤，擎着头上的那盏小灯
它一动不动，永不放弃
细密的雨线在它的长颈下弯曲了
仿佛水下的一道暗痕

苍茫中，一朵荷从眼前飘过
它会不会突然鸣叫着飞走
然后，让噗噜噜的翅膀又落到水中
因为太湿，猎枪都已发芽
因为太重，以低吟回答雷鸣

箜篌城

箜篌城，这三个字
是一座竹制的空城

有人端坐于中原大野
手捧竹骨和马鬃，面向长空
有声音便从地心深处隐隐传来
那是上古蛮荒大河的波涛
星垂平野，草木茂盛，虫鸣嘤嘤
风声嘶吼，鸟兽奔突，万物歌哭
有太阳在头顶上轰鸣

十五尺乐台，高过万仞宫墙
一千只手的师延大师，制乐奏乐
他与神对话，与君王对话
与自然对话，与内心对话
且拨动弦上的五指、十指、千指
让音符四散成花语
让箜篌说，让陶埙说，让石磬说
祭音辽远，悲音宽阔，庆音高亢
让郑声先于卫声、楚声、吴越之声响彻春秋

行云流水,轻纱柔曼
听这苍生的天籁,无语亦泪下

箜篌城,又名"曲遇聚"
最终是,聚少散多
曲终而人无影
时间湮没了箜篌
箜篌竟化为战场
且让热血歌吟
兵家胜败,不过古乐中
最后一段小小插曲
马革裹尸,也依然是这片战乱的
泥土中的,仰天长鸣

而让历史再一次转身的
是今天,是两个孩子
爬上野草丛生的箜篌城时
追逐的笑声

在村小学听孩子吟诵古诗

雨打芭蕉,雨打刺桐
贵峰村的龙眼和芒果
此刻,都挂在早晨的枝头上
青青的,沉沉的
有的睡着,有的初醒

几个孩子站在村小教室吟诵古诗
一本淡蓝色的吟诵课本
铺满了整个夏天
风掀开书页——
一个女孩半闭着眼睛
一个女孩手卷着衣角
一个男孩一会儿低头,一会儿抬头
用好听的闽南方言,
用抑扬顿挫的长调古韵
飞向高空,潜入水底
唱、诵。五分钟
没有人能惊动他们
能听懂的只有
唐朝的月光,宋朝的竹林

白日依山黄河入海山随平野月涌大江……
他们沉浸、快乐，和更多的真诚……
他们没有云彩和丝绸的衣裳
没有绣花鞋，没有五花马
只有天真清脆的童声
托着自己摇晃的小身体
托着身上泥土味和青草的香味
向上飞升……

屋檐上，一只鸟痴痴地听着
而一颗颗雨珠儿，因为
心中的爱太沉重
纷纷坠落在这片诗意的土地上……

2006.6.12 南安

斑竹村

稻谷金晃晃地晒着
褪色的蓝布衫和白发在风中飘着
"再晒一次就该收仓了,这是最后一次"
满意地笑着,喃喃着
耙稻谷的老妇人
看见对面的天姥山下,大水上飘着竹筏

耕、种、锄、割……
一千三百年就这样过来了
斑竹村也这样睡着、醒着、梦着
木板房歪斜
墙皮上的苔藓又厚了几层
小石桥下
旧绿新痕,映谁的倒影

那时,一定也会有夜半鸡鸣
叩门留宿,围炉小饮
渔翁、商贩、青石板小路上早起的行人
车轮、马蹄、店铺的吆喝
千年古驿道上战火的烽烟

还有乘竹筏上天姥寻梦的、白衣飘飘的诗人

这么些年，唐诗都飘了几千里路了
"天姥连天向天横"，老妇人却不知道，也不会背
她和唐朝，只隔着一丈暮色，在斑竹小村
风吹着，一轮唐朝的太阳，从东到西
足够把稻谷晒得金黄
足够了
她用耙子翻晒她今生今世的粮食
她在唐诗里守候了一生……

2007.10

遥望天姥，怀李白

遥望天姥，怀李白
梦回一千三百年前的秋境
那时候
山色绚丽，猿声险绝，万木生风
一步一阶一字
一字一吟一韵
这是哪首唐诗的哪一节哪一行呵
浩荡接天处，我似见诗人
高吟低唱，跌宕起伏，声奇险峻
大唐的半壁江山，如一滴墨色
垂落于苍茫云海之处
漫山遍野
便都是团团点点的丹青

杖策披裘，高歌而攀
诗人李白啊，我寻你
乘青风扶摇，又卧秋霜石枕
扯飞流直下的瀑布
做你的布衣
展波涛翻滚的白云

做你的书卷
你仰天大笑,壮怀激烈
写不尽家国气象
又把散淡的心情,晾晒在
悬湖钓竿上,湿漉漉的
一滴,一滴
垂下的都是唐诗遗韵

待到天高月小,夜色沉沉
在这天姥万峰之上,才正好捉月
我学着你,踮起脚尖
斟一杯深不见底的酒
左一杯剡溪翠波
右一杯沃洲碧湖
都是波光粼粼,如泣如诉
山光水影全在诗中闪动
醉了,醉了,此处有大美
且把功名看淡,心情看重
李白,从此我追寻你,不去长安
只折一枝红叶,淡出山径……

日月山

这是海拔最高的爱情
从东土大唐到西域吐蕃
4877米的风吹着,日月山耸立着
从日走到月,一双绣鞋,几辕车马
使迢迢来路更远了几分
在最高的山巅上
纤纤公主转身回望东方
日月宝镜里,大唐不在
长安已随丝绸飘远
母亲的脸一闪而过
她望乡的泪水倒淌着
使历史发烫

这里只有猛烈的西北风
吹着她小小的名字:文成
王朝、民族和男人的战争
都挡在她的身后
一点红唇能否让刀枪剑戟没入荒草
日月山不知道,茫茫来路也不知道
那遍山的羊群中哪一只是她——

被命运牵领着,走向这最高处的祭坛?

然而一切都沉落于云雾之中
再迈出一步就是茫茫草原了
一件皮袍,一条灯芯,一环绿松石,一只鹰
照耀这辽阔的世界
她将恩泽于这更辽阔的每一片草叶
经幡飘扬,在西域辉煌的神祇下
还空着一个少女的位置

一千三百年,风中的神
用藏语喃喃地颂着:文成公主,白度姆——
她丢下的日月宝镜
让一座山有了爱和伤痛

天台读诗

——一千三百年前,著名的"唐诗之路"就从这里开始

此刻,最适读诗
窗外,应该有雨,有雾,有风
有大佛面壁千年,一杯碧茶龙井
热气环绕,暗香浮动
引古来多少诗人背影
泼墨掷笔,从此壮游
阔袖渐远,飘逸千峰
有云遮雾绕的天姥山
一枝红叶,颤颤,似空非空
烟云起处,山已经看不清了
我只看树,绿肥红瘦
何处绝句,何处七言,何处小令
万叶皆诗,万绿皆醉,万物皆朦胧
万山只响着一双布鞋踏过的声音……

此刻,最适读诗
此刻,应该有月下剡溪
轻舟驶过,大水无痕
山势渐缓

李白他们该是从这里登临的吧
一支桨，便跨越了
初唐雄心，盛唐豪情，晚唐余韵
以诗铺路，以诗架桥
以诗漂流向远，以诗横渡灵魂
从此，一代大好江山
千般歌哭，万卷诗赋
都沉浸在史书和墨迹之中
随日月东升，光华波涌……
而今重走唐诗之路
倒影还在，桨上水珠还在，渔歌还在
一去千年，瞬间即是永恒……

牡丹花开

用大朵大朵的团扇，遮住了
武则天如山倒的禁令
没有烟尘，没有马蹄，没有声音
静悄悄的，一夜之间
祖坛社稷就成为了丝绸的江山
卷曲的、湿润的、闪着暗光的花瓣
再也托不住黄金铠甲、白银镶边
那些重重叠叠的颜色的重量
翻滚着，流淌着
漫向天边……

一千万条洛河，水墨浮动
一千万座龙门，紫烟升腾
一千万条蚕吐丝，织呵
织一千万座花瓣护着的小小的金烛台
燃烧着，争涌着，要去
点亮十三朝古都的夜空

一群娇憨的，叫魏紫
一群微醺的，叫姚黄

还有一群,都染了淡淡的红唇
那些天,胭脂都贵了
纸也贵了,哪一片秦砖汉瓦
不映着牡丹状的河洛图
哪一家女孩的小镜子里
不映出牡丹的喜怒娇嗔

而那茂盛的枝叶底下
每一朵半开的牡丹花苞
都会用柔软的小拳头,打你
让你凝神驻步,腰酸腿软
让你美得心惊……

黄河染紫,小桥落英
这是天地之间的花的盛宴
在洛阳,每走一步都暗香浮动
暗香浮动中有好梦阑珊

千唐志斋

正页。侧页。拆散的笔记簿……
在幽暗的石板与石板之间行走
沁凉的不只是肃穆的空气
还有潮湿的青苔与黄土的宿命
一滴墨,能渗透多少朝代
青石板上镌刻的那些汉字
比北邙山上堆积的落叶
更易飘零

曲折和漫长的甬道通向哪里
墓冢与石室之间
是颤抖的
手指与手指,石与钎
雕凿之声破壁而出
最初的光在字与字之间流淌
隐约折射出
一个人的体温
衣冠的窸窣和
轻轻的咳嗽声

那时大唐兴盛,牡丹花开

楼阙林立，骊宫入云
那时渔阳鼙鼓，千乘万骑
勾栏瓦舍，古道西风
数不清的皇亲国戚，将军士兵
宫女道士，黎民百姓
和众多霓裳彩衣的日子
门前折花的日子
连同长安十一月的战乱、离离的荒草
都在石板上悲欢离合
沉沉隐隐

一个朝代过去了，它没有走
它留下沉甸甸的汉字的城——
千唐志斋，历史的风吹过
翻不过这页页厚重的石板
身边尽是堆积如山的大篆、小楷、草书
而我只能从缝隙中认出几个：
生过、死过、爱过、经历过
在起伏的文字的海洋中闪耀着
堆积的泡沫上有无数眼睛

一块青石板就是一个人的一生
千唐志斋，重复千次的唐朝
才是真正的唐朝
然而谁又能猜透那碑上
丢失的残字，空白的一角
就像说不清一个人或一个朝代的
命运

绿竹叶上的神

向上是千仞竹峰,绿涛汹涌
向下是万顷竹海,飞瀑渊深
是谁,以那竹梢为梁、为柱、为腾云的岩壁
凿出这悬崖上的千年古寺
一进、二进、三进的漂浮着的殿门

在深洞,历史的故事拾级而上又埋进雾山竹海
只留一片片摇曳的竹林,问苍生红尘
脚步声和心跳都挂在峭壁上了,轻轻软软
只恐惊动那离天最近的
神的天籁、人的咏诵、竹的幽鸣

那檐角永远是飞珠溅玉,金光普照
每一根翠竹,都滴下甘露,是观音的净瓶
每一片竹叶都直立成佛,天行大道
每一位来者都是神仙,驾鹤而来,俯瞰江山
又驱竹为马,拜竹为神,跃上葱茏……

雨落雁鸣湖

这一天全是雨声

大雨如注，流光曳影
碎玉飞溅，荷叶小蓬
雁鸣湖水氤氲着，蒸腾起湿漉漉的烟云

湖中的太湖石瘦了
更瘦了，弯曲着流淌
一只白蓑衣的水鸟单腿立在桥下
数雨点，数桥洞碎了又圆，数红鱼的朦胧
乱云飞渡，芦苇嘈杂，急着
是整理叶片还是护住幼芽儿
野花更红更紫，垂着头
只顾点亮大雨中自己的灯
远处的竹林更绿、更黑、更暗了
藏起了七十多种鸟儿的翅膀
只剩下雨声中嘀嘀咕咕的温存

而雨是会搬运许多东西的
把湖水搬出了岸

把花搬到光的另一头
把碎石搬出青阶甬道
把梦搬到江南
一恍惚，竟不知身在何处了——
白墙黑瓦的小楼耸起角檐
让苏州园林在大地上滑动
花墙转弯处似有脚步声轻轻传来
或是送伞的女子，或是哪位书生
那艄公的乌篷船刚刚划过湖面
苍茫大水上流出乳白的一缕
可是江南老奶奶煮饭的炊烟
香甜又温煦
……想起给友人的信，几年了
四下尽是无人野径，是否能寄往
雨中的浮萍

直到天边一道闪电划破云层
才猛然清醒：这里是河南中牟
这位中原汉子，宽阔、俊朗、多情
貌比邻县的潘安，名叫雁鸣湖
几年前是，复姓了江南，留下了今天的雨声……

新村

白墙黑瓦的小楼一闪
树荫里的鸟鸣就格外的温馨
曲水流波处,有石桥小径
午间的阳光依稀打在窗玻璃上
静悄悄的,扇扇紧闭的大门

年轻人都到开发区上班了
只有白头老太闲坐
不说玄宗,只说收成
有老汉依旧在河边霍霍磨镰
不为割稻,只为修那两根坏了的栅栏

没有寻到老牛和看家的狗
也没有烧柴火的味道、拉风箱的火星
几千年的农耕文明,就像一缕炊烟
早已静悄悄飘散
只留下妈妈喊孩子回家吃饭的声音
多少代了,还是那么悠长,那么贴心

上下水,太阳能,煤气灶

长庄稼的土地，也长出一排排天线卫星
他家后院里还停着一辆摩托车
不养鸡了，只养发动机，突突地叫
卷一股烟尘……

家家户户楼下那两分地菜秧可真热闹
使劲儿向上，有的爬架，有的挂果，有的攀藤
凭着不同的菜秧才能辨识出绿茵中的你家我家
那泥土的味道可都是一样的
那么甘甜，那么亲

在农家新村
左边是青石小路
通往合作社农机耕作的田野
右边是水泥大道
通往开发区的厂房烟囱
远远的，深潭中有桃花水母轻轻摇曳
再远处，依旧是青山朦胧，林木深深……

在知章小学

有故乡的人是幸福的
常读贺知章的诗：少小离家老大回……
无论隔着落叶，隔着童语
隔着乡音和白发
隔着朝代恍惚轮换的酒瓶
面对着二十八个汉字，痴痴地、
轻轻地、喃喃地说：故乡

此刻我就是幸福的，梅雨之中
知章小学的孩子们围着我
诵着唐朝的诗文
我牵着他们的手
握着童年的体温，童年的清脆的笑
我就有了云雾中的青山一坨，湘湖一潭
有粉墙黛瓦的小楼
一步迈进的吱呀的院门
有青苔深深深几许
猫儿在脚下绕来绕去
有灶，灶上的佛龛
烟气中稻草的香和奶奶的脸

有小木梯，打补丁的帐子
有蓝边大碗里热腾腾的汤圆
有听不懂的吴侬乡语
我北方的心融化了，虽然我仍不知道
我从哪里来，到哪里去
这么多年
这人生旅途上的漂泊的倦客
该怎样去寻找一个叫作故乡的客栈
贺知章
我的心化作了泪水微澜的深深的湘湖……

跨湖桥水下遗址·独木舟

这世界上最古老的独木舟
最原始的漂木,八千年了
潮汐又增加了你多少年轮?

你静静地沉在水下,一动不动
任鱼儿亲吻你,螺蛳爬过你,水草飘过你
最终,是一层又一层柔软厚重的
古湘湖的泥沙包裹你
包裹你的哭、你的笑、你的幻想
你睡着了,任大地上
山脉隆起,河流改道,长风呼啸,大海涛涌
任江山易主,折戟沉沙,英雄悲歌,人去楼空
当时间的阳光重又开凿你时
你只微微一动:沧海桑田
八千年不过一梦

一代代的生命
都去向了哪片云里雾里?
此刻,透过水下看你
你仍是那截狭长的、粗糙树皮的、黄皮肤的

挺直的老树

黄皮肤的还有

削凿的木浆、精准的木榫，以及

散落在陶瓮上的指纹

我裹着兽皮的新石器时代呵

我黄皮肤的东方

你还沉埋着多少

石砍过的、火烧过的

民族的脚印和图腾

随湘湖的水波潜流大海吧

看那遥远处——

八千年，欧罗马正落着荒蛮的白雪

阿非利加还少有人类蹒跚的脚印

古埃及的塔萨人正从山洞中走出

古希腊人也正在火上烧制又一批史前的文明

而独木舟，你毅然独自走向大海，面对世界

你是第一次举起石斧、雕凿探索之梦的

中国人的

滴着水的憧憬……

今天，当太阳又一次从湘湖上升起

每一个从这里走过的人都看见

在平静的水面下

有一道深深的沟壑

那是一道黄色的闪电……

那是龙

湘湖·小拱桥

小拱桥旧旧的
像磨光了的板凳
倚在两个波浪之间
两个波浪之间是琐碎的生活
流来的是水
流走的是时间

我在船上抚摸着温暖的湖水
就像一个从远地回来的人,久久敲门
湘湖水从我的指缝中流过
桥下有游鱼,桥内有枯莲

秋风为谁吹过最深的乡愁?
小拱桥渐渐弯曲了,奶奶的背更驼了
我爱她毛蓝布衫的温暖,手扶矮凳的蹒跚
望着湘湖,她向唯一的孙子挥手
那波浪上的倒影渐渐没入黄昏

如今奶奶已不在世上
小拱桥,谁还在那小村眺望,坐在木门前?

在桠溪慢城·我愿意

在桠溪，我愿意
看见一个穿布底鞋的人
他用宽阔的胸脯
把市场的喧嚣和匆忙的车轮
以及叫卖声、浮尘
都挡在门外
他只留下台灯、翻开的书本和
没写完的诗句
在临出门前，他还没来得及把毛笔洗净
回过头说：我的家人……爱
我爱你们……

在桠溪，我愿意
让阳光漫如醉汉
让大片大片的路边黄花
开得像时间的陷阱
那灿烂的柔软让人陷入回忆
是母亲手织的毛衣的颜色
是逝去的亲人们的温暖
多少年了，时光像永远停滞

怀念却不会褪色
它让我埋进花瓣
痴痴地坐上一天……

在桠溪慢城·月夜的梦

月夜，湿润朦胧的桠溪
一只蜗牛
慢慢爬上我的窗台
它背着一尘不染的
透明的房子
晃着两支晶莹的触角
喘息着，敲打着我的窗子
看着我，大睁着眼睛

它说：你是第一次来桠溪吗？
你愿意来我家做客吗？
你愿意尝一尝肥沃的土地上
各种根茎、果实的
真实的味道吗？
你们人类的手，是
有温度的吗？
是多久没有抚摸过
我们微小的昆虫和大自然
抚摸过亲人的脸庞了？

你知道，这里的蜜有多甜，它是
没有添加剂的吗？
你们走得太快、太匆忙了
是否应该停下来
闻闻青草的味道
池塘的味道
你舍得用半小时或一分钟，去想想
什么叫污染，什么叫伤害
什么叫秩序，什么叫美
去听听那些水泥、石灰、垃圾
废墟、荒漠下的
细小的呻吟吗？
你们人类，懂得什么叫速度吗？
你知道，一只蜗牛也有它的
爱、欢乐和痛苦，也有它的
融入大地的缓慢的美吗？
你懂得
一只蝴蝶的翅膀，也会震动地球
一滴水，是大于大海的吗？
……

一只蜗牛
探着头，慢慢地远去
留下一条银白色的线
断断续续的
哦，那是我流下的隐约的泪滴

在桠溪干净缓慢的风中
在月光下
久久未散……

仪仗
——在大丰麋鹿保护区

我只看到它美丽的大角
只看到茂盛的树枝的摆动
棕黄色的,仿佛一座山脉隆起
又一道跌宕的波浪,缓缓滑行

嘘,轻轻地,它不说话
只威严地向前移动
——史前的英雄都从不说话
只高举起长矛,展示它
肌肉的健美,骨骼的灵动

许多鲜花都簇拥过来
缀满果子的枝条也迎向它垂落
树叶和青草,喃喃地说:
爱我们吧!它只微微地低头
轻吻这片土地上的子民
雷声隐隐,从地心深处涌起
大群奔跑的队伍就要过来了

经历了地球变迁的许多事情
异乡人,忧伤的流浪者
这颗星球上的最后的上帝
跋涉过万里风雪
至今,每一支角权都燃烧着血红

一道闪电照亮了那句诗:
　"野兽般优美的胴体……"
而它身后的路
有一半已变成神话
另外的一半,正镀满黄金

天下常熟

尚湖浪上日出
虞山脚下月明
三千年的城郭,姜太公钓鱼
鱼竿已长成遍地垂柳,漫坡竹林
良田肥沃,和风吹拂,细雨微熏
从史书和犁铧上长起来的
鱼肥稻香的常熟城啊
仓满屯流,万物皆是良辰!

白墙黑瓦涌动
油菜花潮涌动
霞光和瑞气同时打开城门
穿青布衫和蓝印花布的男女荷锄挑担
或植桑,或采茶,或上工
一条蚕吐丝为路
织一幅东方的锦绣天下:
阳光嗡嗡,蜜蜂嘤嘤,染得
满城的大街小巷,皆成黄金!

犁尖下,一枚刚出土的良渚玉琮

用它的兽面纹饰说：

星移斗转，家富国盛

这就是天下

而窗外，布谷鸟忽高忽低地飞着

用吴语叫着：

常熟熟了，天下熟了，一屉

明前的"青团"刚刚揭锅，看呵

软软，糯糯，香气蒸腾，那是

江山半卧，青牛半卧，碧水倒影……

山中人家

日落西山
归家的脚步沉沉
瘦瘦的黄土在山那边
山那边的黄土养一方人
开荒了，种粟了，割禾了
汗布小褂上驮着春夏秋冬
左拐右拐
大山里走道，总朝着灯和碾盘

山、石、田、土、井
千年也是这样
长了腿的石头是羊
没有腿的石头是家

进太行山

汽车缓缓滑进裂开的闪电
这道望不见底的地球的深渊
沙沙地下降,两壁却渐渐升高
刀劈斧凿的太行拔地而起
一壁陡崖隔开嘈杂的世界
天空渐渐远了,暗了,一线了
北纬36°,滑动的风,蛇形的,冰冷

我们的汽车,是穿过苔藓的史前的鱼
掠过岩壁上纵横交错的风蚀水纹
横的、竖的
这斯芬克斯排列的巨大谜语埋下多少秘密
来不及猜透,也来不及看清……

迎面扑来阔叶林、针叶林、灌木丛
遮天蔽日中隐藏了多少翅膀和眼睛
一只小虫能举起摇摇欲坠的巨石
它用影子告诉我们
——绝境中又见奇景

还有劈头压下来的巨石、山石、卵石
还有风化的梦、高万仞的回声
泥做的太阳、土做的雨
石做的瀑布一闪而过
我们从青苔的栈道上滑下，坠向深洞
快托住这颗怦怦跳动的心——
它失重了，飘飘摇摇的
恰好落在一枝伸过来的红豆杉上
苍茫起伏的枝头上缀满了传说和故事
一片树叶落下，峡谷渐渐合拢……

在岫岩

在岫岩,我愿做最古典的那个
我愿做补天的女娲,长袖飘飘
坐在七彩的玉石堆中,用最斑斓的玉石
筑永缺一角的苍穹
每天每天,让人们面朝东方
一抬头,就望见万丈光芒的日轮
一低头,便又在红山脚下
如水的月光中,打磨着新石器时代的
第一条中国的玉龙……

在岫岩,我愿做最豪放的那个
披金戈铁甲,大喝一声:
玉与城池,谁轻谁重?
然后就手托玉玺,沉沉落下
以"一玉换十五座城池"
无关历史,无关后人品评
然后就身倚美玉,在夜光杯上痛饮
让心随着烽烟中的碧玉
一滴一滴
淌成掌心中的五千年大梦……

在岫岩,我愿做最民间的那个
瓜田李下,小窗窝棚
我就是叮叮咚咚走来的那人
颈上珠串,腰间玉佩,手上指环
那是唇,是眼泪,是最惹人怜爱的疼
碧玉要配红丝线,要俗到底,小家碧玉
然后就千丝万缕地拧,打结,穿孔

睁大眼睛,穿呵
那小小的孔,好像是心
却怎么也对不准了
这一穿,就从少年直穿成老人……

玉矿井

仿佛绿色已渗透整座大山
随浓雾漫进任何一个洞口吧
深深地斜下去,一百米,一百米
一盏矿灯,一团光,捧给我们
中国最美的矿井

满眼碧绿,满天繁星,朦朦胧胧
隐约闪现的珠串、宝石、马、龙……
从四面沉沉地包围着你
脚下,身旁,头顶
玉的呼吸,玉的心中,玉的眩晕
谁能数得清绵延流水的豪华盛宴
三千浪花,尽闪琉璃影

在井下,你像个贪婪的商人,撑起口袋
清点那数不尽的宝藏
脚下碎玉,身旁珠影
快抓住幸福的瞬间
你的惊喜,你的快乐,你的虚荣
乱花渐次迷人眼……

直到一滴碧绿的岩水滴下
它渗入的冰凉让你陡然一惊：
四月二十号，在瓦沟，
此刻仍是人间，不是仙境……

杜甫草堂

公元七六零年的风吹着
杜甫草堂的茅草四散飘零
一支笔气喘吁吁地追赶
他呼,他唤
他长歌当哭,漏夜无眠
他以血作墨
咳着,踉跄着
他的字从此又消瘦了几分

此生只需一蓬茅草!
一蓬茅草的重量,再加上一支笔
就是诗人的一生!
谁比杜甫更懂得饥饿和寒冷
为命运,为苍生野老
写遍世上的艰辛与不平

在浣花溪畔望草堂
为什么那茅草干枯的影子
总比绿李黄梅高出几分?
因为埋葬着诗句,埋葬着

广厦的理想、诗歌的理想
所以世上的风总是咸的
有泪水的滋味
只为守望着那一份热爱和感动

在草堂,我上下寻找
怎样的茅草可以遍植中国,照亮诗径?
撩起一丛白发,如浣花溪畔
蓬蒿飞白,芦荻飘零……

远足及其他
Lixiaoyu Shixuan

梦幻威尼斯

留我的脚印在海上
在亚得里亚迎风的海图上
那里有蓝色的威尼斯和鸥翅
有太近水的窗口,太温柔的白浪

"贡多拉"小船轻缓的桨
静静划过幽深的水巷
这水上吉卜赛神秘的倒影
使人觉得爱情是脚下唯一的土壤

金色长发垂落如瀑布
钓每扇窗下行人的目光
行人的目光是披黑衣戴黑帽的
彼特拉克抒情诗中
久候的水手
他们总爱在日落时分
徘徊
感叹桥太重叠,水太绵长

而我是戴着金色面具的夏洛克

贪婪于那满海钱币的闪亮
纵情于豪华的橱窗与
夺目的夜灯相戏谑
挥霍满街狂欢节式的
天真与放浪

今夜月下,大队商船已远去了
戏剧性的海风也悬念着那
所有海上故事的终场
只留下一怀寂寞
如没有归期的船票
让我
在阳光的泡沫中
在倾斜的浪尖上
在蓝色的威尼斯的梦幻里
静听辽远的
人鱼与海盗的合唱

米开朗基罗

你收集亘古的尘土
雕筑塑像
在教堂巨大的阴影中
在十四世纪的沉沉之壁上
你痛苦的面孔
在暗夜里融化

烛光摇曳
在你赤裸的胸上涂血
你像悲哀一样苍老
你乱蓬蓬的胡须下
隐藏着什么悲剧
你的泪水灼疼我的面颊
你分担了人类的命运
你伏在高高的画架上
成为伟大的艺术家
或是祭品
仰望你时
你只是一小团光明

憎恨的、欲望的、赤裸的、顽强的、威严的
世界的石头的根基诞生
你以震撼人心的力量
引我们进入
每座雕像的眼睛
引我们进入自己
看人类在黑夜中匆匆走过
四周悬满愚钝的痛苦和绳
脚步茫然
要说的话软弱无力
米开朗基罗
没有你的凿
我们不会有嘴唇

永远的雕像站在石头里
在厚厚的大理石粉末中
你从世界的任何一个方向
直视我们
深一点是手
再深一点是灵魂

罗马的忧郁

修女在走
狗在走
戴荆冠的耶稣在走
罗马的街道总有几分忧郁

古旧的火山石路面上
褪色的狭长的百叶窗落满灰尘
像罗马人狭长的脸
黝黑的,浮雕在斑驳的旧墙上

地中海阳光温柔
青草也长得十分茂盛
忧郁便从每一块石头上渗透出来
如青苔般蔓延
很快就淹没了那些远古的激情
只有断柱静肃
这些灰白色的模糊的长影
踽踽独行于古代与现代之间
仿佛超脱于时间之外的哲人
永远苦思着雅典学派的

无休止的论争

无家可归的鸽子落在雕像肩上
啄食他眼中的忧郁
而教堂中的蜡烛忽明忽暗
教你一会儿是魔鬼
一会儿是天使

车水马龙也遮不住
汩汩喷泉也遮不住
银行前的广告也遮不住
空气中总有些旧日的灰尘
这两千年前柏拉图曾呼吸过的
寂寞的,古典式的
总有些残缺的
气息
游荡
如传染病般的
在无可挽回的落日时分

那时我偶然想起
中国的秦王也许正在青铜鼎下
弹抚古筝

1988.9 罗马

星光下的拿波里民歌

星光下流淌着拿波里民歌
生命与爱情,玫瑰与芬芳
真正的拿波里民歌,真正著名的
在意大利歌的故乡

"快来吧快来吧
请来我小船上……"
歌声郁郁葱葱,溅着暖暖的浪
从夜的深处荡漾着那个看不见的人的
热情、梦幻与奔放
呵,桑塔·露其亚的小船
在起伏的意大利语的海洋上
载我们去,看月色多明亮

红衣歌手沉重地喘息
嗓音嘶哑,忽远忽近
带着几分人生繁杂的微笑
拖着疲倦的目光
呵,拿波里的民歌,真正著名的
你以流浪了一个夏天的吉他敲打着忧郁

沉落在罗马无边的夜色中
那支我很早就熟识的歌
它曾怎样憧憬过万里之外的
异国少年的青春和梦想
让人久久难忘

"快来吧快来吧
请来我小船上……"
桑塔·露其亚
那只金色的小船
那片温柔的翅膀
如今你是否仍停泊在那里
在罗马教堂下的一个饭馆
在饭馆里的一张张餐桌旁
在烛光下，在一个没有水
也没有桨的地方

1988.9 罗马

斯卡拉大剧院的手

一只手
苍白，削瘦，一只细长的手
手纹丛丛摇曳着隐隐的情感
五指像握住些什么
却又缓缓张开
寂静地平放在这紫红色的
厚重的帷幕之外
斯卡拉大剧院
豪华的枝型吊灯和包厢之外
掌声之外，人群之外
人类最精彩的乐段
轻轻轰鸣

仿佛永远谛听
水的涟漪和风的响声
远离音乐又深陷于音乐
李斯特的手，大师的手
从白色的石膏中渐渐红润

对着空虚狂舞的挑战的手

在现实中燃烧幻想的热情的手
尝遍爱憎历尽苦难的创伤的手

一只手
使语言回到音乐的巢中
五条线苦苦缠绕着你
使你激动、痉挛、抽搐、疼痛
音符四散开去,漫天坠落
这只手像陌路的拐杖
支撑风雨中人们衰弱的身影
从幕启到幕落
成为人生

而今天,我默立于你面前
听凸起的血管中有声音在流动
肃穆的斯卡拉大剧院
沉钟响起,灯光渐暗
一只手,缓缓地抬起
像十二月雪中挚爱的火苗
教我一生
以手去抚摸颤抖的心

1988.9 米兰

佛罗伦萨

自由狂放的歌曲
从远远远远的
第勒尼安海上吹来
大卫健美的身躯上洒满
达·芬奇透明的阳光
佛罗伦萨
你这不戴光环的维纳斯
你这波提切利梦幻般的春之神
你这浪漫的舞鞋
从但丁与情人幽会的桥上
欢快地跑来
河水与唇
成为这个城市最柔软的地方

艺术巨匠的面孔
从壁画上浮现
他们光辉灿烂
成为酒和空气
长方形的乔托钟楼
时钟停摆,永远

指向人类复兴的那个日出
——金粉从画框中纷纷剥落
艺术成为这个城市里
一个生动的女人
她洗衣，切面包
并向天空袒露
如水如电的美丽胴体
纯净的人体曲线流淌成
蓝天下的阿尔诺河
它的呼吸、心跳
它的真实
使人想起家乡和母亲

吊在眩晕的大耳环上，佛罗伦萨
你是超短裙、摩托车
马路当中的吻
你是尽情地喊叫、游动和飞翔
你是夜晚席地而坐的人群
拥肩擦背的笑
是流泪的时候也歌唱
是青春
透过街头厚重的油画颜料和琴弦
我们都重新发现自己
每个人都值得纪念和被纪念
每个人的名字
都是翻开的《圣经》

有一支水手的歌永远使我流泪
那斯巴达罗的歌手教会我们
从各个方向，朝向你，唱：
　"给佛罗伦萨带个吻……"

1988.9 佛罗伦萨

古堡之夜
——西西里的一次晚宴

仙人掌硕大的烛台
使西西里的夜燃烧着星星

古堡之门沉沉打开
让山路随海风一起涌进

月光下的葡萄酒泛起漩涡
这些花朵翻卷成不同的肤色和眼睛

灯火辉煌着几百年前未散的晚宴
欢乐如常青藤般爬满大厅

西西里的阳光与海水味道真好
就像餐桌上的水果和盐

去和许多传说中的絮语碰杯
深深怀念着一些人，一些风景

旧日的墙纸泛黄若老妇的脸

皮肤与瓷瓶闪着神秘的光晕

贵族服饰的主人在画框里走动
平静而又感伤地,欲说还休

石阶、廊柱、阳台,多么相似
就像排练莎士比亚的悲剧一样

夜风轻轻地拂动帷幕
不知掀起的是剑还是爱情

空阔的角落里烛光幽暗
我将发生什么事情

睡意朦胧的花园充满但丁式的梦幻
让我闭上鱼的眼睛

黑暗漫溢如水,我深深陷落
今晚西西里最深的地方,是这盏灯

天狼星在远方轻轻嗥叫
峭壁上的古堡听海浪翻涌

1988.9 西西里岛

比萨斜塔

一

一种移动,不可觉察地
渐渐逼近

比萨的天空
蔚蓝得没有一丝皱纹
钟声轻轻地闪光
小教堂如雨后春笋

绿草坪上的塔影总有些异样
我仰望你时
语言总是偏离题意,五米
错觉如神秘之鸟,常常
意想不到的一翅着地
不知你与世界
谁更倾斜

外面很遥远
原子裂变电脑合成

有试管婴儿落地
有航天飞机升空

自在于一种绝境
一片叶子
在欲坠未坠之时
以纯白的大理石的悬念
垂挂
六百年
成为壮观的风景

二

下落的感觉
是一连串
快感的颤动和
来不及想象的
风
以从空中到地面的过程
鸟的过程
落叶的过程
危险是一种美丽的事物
有时你永远不知道结论

伽利略、大胡子和长袍
锁链和星辰
你巨大的影子落在斜塔上

如同苍凉的伤口
如同宗教
真理
正静悄悄地坐在蛋壳里
等待两只铁球
同时击中

仿佛什么也没有发生
黑夜过去了,阳光正浓

石柱

支撑罗马的灵魂

在照耀了两千年的
古罗马的太阳下
在天线与百叶窗之间
无数风雨洗白的线条
矗立于现代天空的寂寞中
嶙峋而坚硬

征服与被征服的箭镞是血热的
光滑的大理石身躯是冰冷的
在辉煌之始和废墟之后
那样一种永远的屹立
使人类的历史总响彻
沉沉的凿石之声

而竞技,而狂欢
而流血,而远征
当维吉尔史诗的字句
从石柱间滑过

拨响这巨大的时间的竖琴
一些模糊的面孔便忽隐忽现
犹如无齿之语，无言之声
那人类久远的文明与幻想
已深深楔入
石质的刻痕
不沉于水，不灭于火
不泅于风沙
在两千年
楔形的罗马数字的流逝中
以灿烂的石之血液
孕育人类
新的语言，手指和眼睛

负重、断裂、破碎
开始和终结
一种精神，赤裸地
立于天地之间
如七山之上，圣火熊熊燃烧
一道灰白色光芒领我们穿越黑暗
——石柱，跨越世纪之门

1988.9 罗马

假面狂欢
——威尼斯之冬

在欧洲最寒冷的季节里
灵魂开放

威尼斯,从神奇的海水的面具后面
我看不清你的眼睛
戴上面具
就是最欢乐的人
戴上面具
就是最引人注目的人
你歌你舞你笑你唱你疯狂你宣泄
面具是你的墙和伤口

他悲哀还是苦恼
他虚无还是满足
他富有还是贫穷
国王小偷强盗魔鬼阔少武士
此时此刻
影子比真实更值钱
她靠在小巷拐角戴黑色面具
她独行在雾中戴白色面具

她等在路灯下戴金色面具
海水打湿了她的脚印
我不知道哪儿是她今夜的家

蒙娜丽莎的微笑留下满海神秘
小小命运,在瞬间结束又诞生
以另一种方式再活一次
轻松和幽默的背面
是什么样的人生风景

今夜,探索于
珠宝丛中和玻璃橱窗之间
威尼斯的面具
向我袒露各种风情
各种风情的威尼斯
让我抚摸那没有瞳孔的火焰
很美,很烫,很冷
开放在一年仅有一次的梦境里
不知道是皮肤,还是灵魂

1988.9 威尼斯

威尼斯：辉煌的终曲

午夜十二点，钟声轰鸣
广场乐队高奏最后一曲
葡萄酒与夜礼服
威士忌与口红
万人伫立在灯光璀璨之中
以万种姿态，万般心境
久久等待着圣·马可广场上的
最后一个高音

指挥棒，悬而未决的命运

午夜十二点
是最宜幻想的时间
万种人生的最后一曲
沿飞机、海船、摩天大楼和
乡间小路而来
在海水拥抱的这一片土地上
起落成黑白键的震动
竟是那样的相同

脸庞，衣饰，街道，房门

从没见过又似曾相识
每双脚都在说
我们已走了很远,只为今夜
告别是 A 弦上扑朔迷离的低音
如桥,如岛,如船,如拱
如威尼斯
连接在我们心中
欢乐、孤寂、爱情
今夜海上的倒影

狂喜在这里
战栗在这里
心与心相连在这里
那辉煌的结局正映射于
每一双眼睛
小提琴呓语般的华彩乐段
预示出终曲的底蕴

为最后一个高音
我们走过了整整一生

乐声轰然而止,广场灯光黯然
唯其一瞬,牵引着
我们生命的节奏
明而又灭,灭而又明

午夜十二点,在威尼斯
仿佛南柯一梦

1988.9 威尼斯

江南

是辛弃疾把栏杆拍遍的江南
是风行"好一朵茉莉花"的江南
是荡着春江花月夜的江南
是用惯了毛笔和宣纸的江南
江南呵

且让长发飘散
飘散如弯弯曲曲的小河
水珠四溅
然后赤脚
然后坦然地走进
这暖而清澈的水中
濯洗衣衫
让孵石圆而滑
计倒影碎而颤
让尖尖硬硬的小小螺蛳
软软地爬过我的脚面
让那触痒，一直痒到心底
痒过江北，痒到今天
痒到，一提起江南……

1983.8 浙江萧山石岩头

角檐

我是亭台的、回廊的、龙墙的
我是多层宝塔和大屋顶庙宇的
我是重重叠叠的乡间青瓦房上的
一群欲飞的紫燕
轻盈的
我是江南

江这边
风也清瘦，云也飘然
有雨雾洋洋洒洒，人也如仙
饮太多的阳光的酒
我失重了
且斜斜地亮翅于
天上人间

我喜欢起舞
风和云的裙裾
或者半隐着
给好些爱害羞的江南的纸扇
织一张雨帘
我弹弄风铃

洒下声声紧，声声慢
在一群忽大忽小的音符下
引点点泊下的船儿
断缆

入夜
我细细弯弯地凌空欲飞
欲飞起如少女伞下的弯眉
如上弦月或下弦月
如星光下顾盼的柳叶
只要我那么轻轻一动
整个江南便要
飞起了

1983.7 无锡

清照

此刻,我看见趵突泉畔的黄花开了
从 1084 年的石岩的倒影
向心的位置,飘动

婉约,摇晃,颤动
一束寒冷的花,在她的身影上缠绕
闪亮一个女子的梦
打开她残缺的命运
在南宋战乱的尘埃和北宋苍茫的烟云中
一个女人和她的时代
遗落在奔突的泉水里
一个幻象,闪烁着,但又迷蒙

红唇、白纸,许许多多的词牌
一浪一浪
如长发和长袖都已流远
在千年的时间深处
只有这丛摇曳的黄花,灿烂、宁静
如一盏盏文字的小灯,清轻照亮
漫长诗词的道路上
那些哀婉美丽的诗歌的侧影

夜听古琴独奏《广陵散》

木窗。矮榻。侧影
冷雨纷纷
他沉郁地拥琴而坐
一座小山,一方城池
一个国家,一段
历史的回声

他缓缓抬手,指尖一动
七条河流,就泼溅成
琴州七弦了[①]
他用指尖初试着
小浪拍岸,水浅水深
然后,一个音,一个音
悠远而古老
空茫中若高山流水,空谷足音
有乌云遮日,有壮士披发打铁
敛天地之悲壮聚在砧上
铸歌哭只在掌心的一瞬
风吹,草动,强权,反抗
猛然间,一道强音如剑飞来
横在咽上,又戛然而止

仿佛失落狂野的那柄短刃
冰冷、战栗、寒光闪闪

呵，广陵散！千年古曲
嵇康去了，弦断琴碎
一座历史的城池顷刻坍塌
七个音符，一场大梦
问操琴人，今夜，一把古琴
又如何穿透千年风雨，铸魂？
又如何让心中热血
流下暗红色的绝响和指纹
丝丝缕缕，烫我们的心？

---

①琴川七弦，常熟城的古称。

给心脏

轻轻的,你在那一方唤我
在遥远的多河汊的左岸
那声声忧郁的单音节
是暮色中独腿人的拐杖
敲我惊醒

用滴漏的声音敲出一个人形
僵硬而疲倦的
有汗湿的鞋子,蓬乱的皱纹
匆匆地在人流中
走过凹凸不平的世界
四十年沧桑后
我听懂了你残缺的声音
于是我溯源那条最古老的河流
听血液澎湃
看钟表一件件磨损
独腿人的拐杖永远是一种诱惑
让我:走
无船无桨
只有眼泪能够到达你

沧海横流,心海横流
而你在每晚的那堆篝火上
焚烧自己
等我

1991.10

我留在高高的山顶

我留在高高的山顶
和一片寂静,一个身影
天地茫然如海,我独立其中
世界远去了,像一场旧梦

狂风撕扯着,夜多么寒冷
欢乐和痛苦在这里都要结冰
遥远的桌上,两只茶杯缓缓破裂
寂静……我听到一页信笺飘落的声音

最长的夜里有最短的文字
那唯一的一笔,仿佛写了整整一生
为什么头上的流星一闪而过
竟是你那不可捉摸又不能忘怀的眼睛

在忧郁沉积得最深的夜里
我的心被岩石擦伤了,一阵阵疼痛
在高高的山顶上,人生逝水
一切都在怀抱中,一切又都飘零

1980.10 泰山

附录：

一、李小雨诗歌创作与活动年表

1951 年
10 月 26 日，出生于湖北汉口的雨天，父母均在第四野战军任职，后随父母调动回北京。

1955 年
在北京私立道圣托儿所里，第一次听到并学会背诵普希金的诗《渔夫和金鱼的故事》。

1957 年
在北京绒线胡同小学和鸦儿胡同小学上学，喜欢命题作文和自由作文。

1963 年
在北京女一中上中学。

1966 年
中考前夕，"文革"爆发，遂停课两年。

1969 年

到河北省丰润县中门庄公社么各庄大队第二小队插队，其时父亲下放部队基层，母亲带着弟弟到河南息县社科院"五·七"干校劳动，四口人分为三处。

1971 年

参军在铁道兵 5847 部队当卫生员、化验员。广泛读书、写诗。

1972 年

第一次公开发表诗歌。组诗《采药行》在铁道兵《志在四方》杂志发表，然后有《我的阵地》等表现部队生活的组诗陆续在《解放军文艺》、《解放军报》、《吉林文艺》上发表。

1976 年

从部队复员到中国作家协会诗刊社做编辑工作，并于一周后赴唐山地震灾区采访，创作组诗《震不倒的红旗》。

1978 年

赴华北油田体验生活一年，在女子钻井队写下大量诗作。

1979 年

第一本诗集《雁翎歌》由上海文艺出版社出版。创作《天涯海角》、《夜》、《椰子》等反映海南岛的诗篇。

1980 年

《海南情思》（四首）发表于《人民日报》1980 年 2 月 22 日，成为全国范围的"朦胧诗"大讨论的触发点之一。

1981 年

入中国作家协会文学讲习所第 7 期编辑班学习。

《红纱巾》、《小雨》等诗在《人民文学》杂志发表。

另有反映海南生活的组诗发表于《文学报》1981 年 11 月 5 日。

1982 年

组诗《黄河岸边的钻塔群》在《青春》等杂志发表，其中《女孩子、油工衣和毛线团》获《青春》文学奖。

《海南情思》（二首）发表于《人民日报》1982 年 3 月 2 日。

在《诗刊》编辑大量获奖诗歌：《不满》、《干妈》、《将军，不能那样做》、《湘江夜》等。

编辑小叙事诗合集《湘江夜》，由上海文艺出版社出版。

创作《鸽子》及《坝上行》（组诗十一首）。

1983 年

中国作家协会文学讲习所第 7 期编辑班毕业。

创作《江南》、《水巷》、《寒山寺》、《角檐》。

加入中国作家协会。

主持诗刊社第 3 届"青春诗会"。

1984年

评论《从画的美到诗的美》发表于《柳泉》杂志。

创作《我和我的枪》、《向日葵》。

1985年

诗集《红纱巾》由四川文艺出版社出版。

组诗《创世纪》发表于《飞天》等杂志。

评论《小议诗的空白》在《诗刊》发表。

1986年

组诗《东方之光》发表于《人民文学》杂志。

在北京大学中文系作家班学习。

1987年

诗集《东方之光》,作家出版社出版。

英国BBC广播电台作诗人专题介绍。

1988年

诗集《红纱巾》获第三届全国优秀诗集奖。

北京大学中文系毕业,获学士学位,并获第一届"庄重文文学奖"。

赴意大利参加"蒙德罗国际文学奖"授奖大会,并应邀参观访问,写下大量诗作。

创作《再次梦想》。

1989年

组诗《地中海的微笑》在《诗刊》发表。

1990 年

任诗刊社编辑部副主任、副编审。

编辑《中国青年诗人诗选》,并撰文介绍中国青年诗人的创作,由意大利"EUROGREEN"等三家出版社联合出版。

1991 年

出席全国青年作家创作会议。

1992 年

组诗《盐》、《我们的日子》等在《星星》、《人民文学》杂志发表。

诗集《玫瑰谷》,沈阳出版社出版。

创作《一把泥土》。

长篇论文《一个正在倾斜的女性世界》,发表于《中国文坛》。

与邹静之共同主持诗刊社第 10 届"青春诗会"。

策划、组织"沿着鹰翅——赴青藏线诗人访问团"访问青海、西藏。

1993 年

诗集《李小雨自选集》,贵州人民出版社出版。

诗评《留在世纪末的生命之吻》,百花文艺出版社出版。

评论《望其项背孩子诗》发表于《文艺报》1993 年 12 月 8 日。

1994 年

创作《黑白照片》、《剧场》等诗。

与张同吾共同倡议,组建全国性诗歌学术团体——中国诗歌学会,经批准后 5 月正式成立。

任中国诗歌学会副秘书长。

1995 年

任诗刊社编辑部主任。

组诗《小小生命》在《星星》诗刊发表。

与邹静之合编《中国八十年代诗选》,撰写论文《论中国八十年代诗歌》,由西班牙佛朗多·列罗基金出版社出版。

赴西班牙参加《中国八十年代诗选》首发式并访问西班牙、葡萄牙。

参加少数民族文学奖诗歌奖评选工作。

创作《石榴石指环》、《海蓝宝石》、《紫晶》。

1996 年

唐山地震 20 周年,应邀回故乡唐山访问。

赴四川参加西岭雪山笔会。

任第一届鲁迅文学奖诗歌奖评委。

1997 年

评论《谈几点看法》发表于《绿风》1997 年 05 期。

主持诗刊社第 14 届"青春诗会"。

1998 年

诗集《声音的雕像》,春风文艺出版社出版。

1999 年

任诗刊社副主编。

2000 年

参与组织中国诗歌学会和云南楚雄彝族自治州政府共同主办的"西部之声"诗歌朗诵音乐会暨"首届中国十月太阳历诗歌节"。

2001 年

参与组织为纪念建党 80 周年举办的"东方之光"大型诗歌朗诵音乐会。
参与《诗刊》改为半月刊工作。
出席第六届全国作家代表大会。
任第九届中国人口文化奖评委。

2002 年

诗集《李小雨短诗选》,银河出版社出版。
诗集《东方之光》,云南出版社再版。
评论《当下女性诗歌的走向与其他》发表于《诗潮》2002 年 2 期。
策划、组织"金城杯"诗歌大奖赛。
策划、组织"中国诗人赴陕北延安采风团"。
策划、组织"延安情——纪念'讲话'六十周年诗歌朗诵会"(与中央人民广播电台合办)。

策划、组织"庆祝共青团成立八十周年诗歌朗诵会"（与上海东方电视台合办）。

主持诗刊社第18届"青春诗会"。

诗作《黑眼睛的春天》获《光明日报》"罗蒙杯·道德之歌"奖。

2003年

创作《留一条根在那片土地》及表现沾化冬枣的组诗《海蓝与枣红》。

诗评《海水与火焰的舞蹈》，山东文艺出版社出版。

策划、组织与《北京晚报》联合主办"抗击非典"征诗活动。

策划、组织"白沙杯——我心飞翔"诗歌大奖赛。

策划、组织由中国诗歌学会主办的《以南丁格尔的名义》"抗击非典"诗歌音乐会。

主持诗刊社第19届"青春诗会"。

2004年

主编《节日朗诵诗选》，湖南文艺出版社出版。

编选《中国出了个邓小平》摄影诗集，二十一世纪出版社出版。

策划、组织"百年小平诗歌朗诵会"（与江西省作协合办）。

策划、组织"磴槽之旅"全国诗人笔会。

策划、组织"中国诗人看山西"，采风纵贯山西4000里。

策划、组织"中坤杯·艾青诗歌奖"工作。

主持诗刊社第20届"青春诗会"。

获"第二届铁人文学奖荣誉奖"。

2005 年

出席第一届中国诗歌节(马鞍山)。

出席中国当代乡土诗歌研讨会。

出席对外友协举行的汉俳学会成立大会,并作发言"当代中国汉俳概况"。

策划、组织中国诗歌学会和中坤集团共同举办的"生命之源"中亚五国(阿富汗、巴基斯坦、吉尔吉斯斯坦、塔吉克斯坦和中国)诗人诗会。

策划、组织抗日战争胜利 60 周年"拥抱太行"大型诗歌朗诵音乐会。

策划、组织"卢沟放歌——纪念抗日战争胜利 60 周年诗歌朗诵音乐会"。

策划、组织"中国诗人看天全——二郎山红叶笔会"。

主持诗刊社第 21 届"青春诗会"。

2006 年

随中国诗歌学会代表团赴韩国出席第一届中韩诗人大会。

诗评《戴草帽的灵魂》,人民文学出版社出版。

主编出版《雍和诗歌典藏》大型丛书第一辑,由长征出版社出版。后有诗集获鲁迅文学奖。

策划、组织"中国诗人赴嘉兴诗人采风团"。

策划、组织"纪念艾青逝世十周年诗歌朗诵会"。

主持诗刊社第 22 届"青春诗会"。

2007 年

参与组织在北京举行的第二届中韩诗人大会。

创作纪念香港回归诗歌《最后一分钟》,此诗后入选人教版小学五年级《语文》课本。

诗评《一条河流的歌唱》，大众文艺出版社出版。

选编《诗刊五十年优秀作品选》（上、下），作家出版社出版。

策划、组织"'寻访新四军足迹'赴江西、安徽、江苏采风团"。

主持诗刊社第23届"青春诗会"。

2008年

诗歌《一朵小菊》，发表于《中山日报》2008年2月9日。

创作汶川地震诗歌《记住汶川：十四点二十八分》、《点亮一盏灯》、《光明在前》。

诗评《战火烧亮星宿》，中国文联出版社出版。

诗评《壮怀激烈诵离骚，轻舟已过万重山》，中国国际广播出版社出版。

诗评《微笑与微颤的禅意》，发表于《福建乡土》2008年05期。

诗评《说出生活里的光和盐》，发表于《扬子江诗刊》2008年06期。

诗评《石油的诗意燃烧》，石油工业出版社出版。

诗评《且把诗心寄黄昏》，香港天马出版有限公司出版。

选编诗歌集《跨跃》，由作家出版社出版。

选编诗歌集《中国精神》（与郭曰方合编），由江西高校出版社出版。

策划、组织"中国加油，汶川加油抗震救灾诗歌朗诵会"（与北京市朗诵艺术团合办）。

主持诗刊社第24届"青春诗会"。

2009 年

任诗刊社常务副主编、编审。

诗歌《大地辽阔》(组诗选二),发表于《人民文学》2009 年 09 期。

创作《灿烂》(二首)、《华山论剑》(二首)及《连云港》组诗。

获《人民日报》"玉文化与和谐社会"奖。

诗评《诗歌朝圣者徐兆寿》,发表于《新学术》2009 年 01 期。

诗评《大湾村:一个人的诗意故事及灵魂》,中国文联出版社出版。另发表于《创作与评论》2012 年 01 期。

诗评《诗意的跋涉者之歌》,黑龙江人民出版社出版。

诗评《大海岸边的土地》,中国作家网 2009 年 6 月 30 日。

诗评《钢铁里的灿烂河流》,中国作家网 2009 年 7 月 10 日。

诗评《门里的火车》,中国文联出版社出版。

诗评《窗花万千》,大众文艺出版社(北京)出版。

主编出版《雍和诗歌典藏》大型丛书第二辑,由上海文艺出版社出版。后有诗集获鲁迅文学奖。

组织"诗意华山"诗歌朗诵音乐会。

出席第二届中国诗歌节(西安)并主持中国诗歌论坛。

2010 年

诗歌《大地辽阔》(组诗选二),收入《中国诗歌》2010 年 01 期。

诗评《这些"漫不经心的鸣叫"》,发表于《中外名流》2010 年 1 期。

诗评《原野里的精神小溪》，中国文联出版社出版。

诗评《濑溪河，流淌着幸福的细节》，人民武警出版社出版。

评论《思想艺术的和谐美》，发表于《文艺报》2010年6月9日。

诗评《风景里的精神突围》，文化艺术出版社出版。

诗评《红色的本命年》、《中华之歌》，作家出版社出版。

诗评《一半是易水一半是江花》，中华诗词网2010年11月。

评论《自觉的担当意识和世界之爱》发表于《文艺报》2010年12月13日。

评论《从〈最后一分钟〉谈新诗的几个特点》，发表于《小学教学研究》(学生版)2010年12期。

参加中俄友协在莫斯科举办的《中国现代诗选60首》发布仪式，并应邀参观访问。

赴河北唐山市参加"第二期中国唐山国际作家写作营暨百位诗人写唐山"活动启动。

赴安徽安庆参加第13届(文博园)国际诗人笔会。

参与"中国诗人看重庆"采风活动的组织工作。

2011年

评论《黄土高原：皱纹的聚拢与舒散》，发表于《文艺报》2011年1月21日。

评论《唤醒大地的献诗》，发表于《红都》2011年第3期。

评论《诗情与灵魂的对话》，发表于《中国青年报》2011年7月12日。

诗评《像夜莺或杜鹃那样歌吟》，中国文联出版社 2011 年 7 月。

评论《青春之诗》，发表于《中国西部》2011 年第 16 期。

评论《农耕文明的遥远回声》，发表于《文艺报》2011 年 12 月 21 日。

策划、组织"长江颂"全国诗歌作品大赛的组织和评奖工作，并参加张家港颁奖活动。

策划、组织广东中山市委宣传部联合《诗刊》社共同举办的"伟人孙中山"同题诗歌大赛的组织和评奖工作。

出席第三届中国诗歌节（厦门）。

赴江苏太仓沙溪古镇参加"同一首诗·走进沙溪"诗歌活动，为江南现代民间诗歌馆开馆揭牌。

参加中国著名作家团赴内蒙古自治区呼伦贝尔市东北部的鄂伦春自治旗采风。

主持诗刊社第 27 届"青春诗会"。

2012 年

当选中国诗歌学会副会长兼秘书长。

创作诗歌《祈福》、《湘湖，柔软的波浪》（组诗）。

评论《离天空更近的是草根》，新浪博客 2012 年 1 月。

评论《芳草碧连天》，发表于《文艺报》2012 年 1 月 12 日。

评论《一叶忧思及痛感》，发表于《文艺报》2012 年 1 月 16 日。

评论《星空下的呼唤》，发表于《人民日报》2012 年 2 月 11 日。

评论《在路上的图腾与歌谣》，发表于《文艺报》2012 年 3 月 7 日。

评论《生长在泥土中的大爱》，发表于《新安晚报》2012年6月7日。

诗评《风吹动枣乡的年轮》，中国工人出版社出版，2012年8月。

评论《飞鸟与鱼的美丽交鸣》，作家出版社出版，2012年12月。

诗评《生命的激流与青春的反光》，北方文艺出版社出版。

评论《冬梅笑风雪，道路在心中》，发表于《中国诗人》2012年第5卷。

主编《2012年中国诗歌年选》，撰写序文《前面的话》，花城出版社出版。

赴九寨沟参加"中外散文诗学会'蓝冰·暖阳之恋'笔会暨"九寨沟国际散文诗大赛"活动。

参与中国诗歌学会"诗行天下"大型诗歌采风活动的组织工作，并赴江苏高淳桠溪镇启动采风活动。

参与中国诗人长治采风的组织工作，并参加第三届中华祈福旅游文化节。

赴上海浦东参加首届"中国当代政治抒情诗高峰论坛"。

赴土耳其伊斯坦布尔，出席第四届亚洲诗歌节。

2013年

创作《大地上的黄金》（组诗）。

创作《大中轴》，获北京东城诗歌大赛一等奖。

诗评《杜鹃啼叫自由花》，线装书局出版。

诗评《敏感之心的诗意修行》，人民日报出版社出版。

诗评《潮白河畔的赤子诗情》，群众出版社出版。

诗评《七月，诗意盎然的心灵旅程》，线装书局出版。

评论《与心同行，与美同现，与爱同在》，发表于《翠苑》2013年06期。

评论《谈朱增泉诗歌的两个意象》，发表于《文艺报》2013年7月3日。

评论《时尚因诗意而高贵》，发表于《博览群书》2013年第7期。

评论《琢玉花开》，发表于《地火》文学季刊2014年第1期。

评论《西部高原的雄浑交响》，发表于《绿洲》双月刊2013年第6期。

评论《爱是广阔心灵的驿站》，陕西人民出版社出版。

评论《冰与火的对话》，发表于《人民日报》（海外版）2013年9月13日。

评论《西部高原的雄浑交响》，发表于《文艺报》2013年9月13日。

评论《凝聚瞬间神往永恒》，天津网2013年10月24日。

诗评《爱的坚守与火的重生》，长江文艺出版社出版。

诗评《水至纯时现馨香》，中国文联出版社出版2013年11月。

在全国牡丹诗词大赛和"千年帝都·牡丹花城"国际摄影大展颁奖仪式暨摄影精品展开幕式上致辞，2013年4月10日。

参与苏州相城"渭塘珠宝杯"全球华语诗歌大赛的组织和评奖工作。

参与浙江海宁"志摩故里"微诗歌大赛的组织和评奖工作。

参与组织江苏大丰的"作家咏大丰"采风活动。

2014 年

主编《2013 年中国诗歌年选》，撰写序文《灯下翻诗》，花城出版社出版。

评论《风声雨声里的国家梦》，发表于《安阳日报》2014 年 1 月 8 日。

评论《辽阔星空的诗意探索》，发表于《鞍山作家·原创文学版》2014 年 1 期。

散文《温暖的力量》发表于《人民日报》2014 年 2 月 8 日。

诗评《杨东彪：心路上的风景》发表于《解放军报》2014 年 2 月 10 日。

评论《诗，仿佛就是阳光的碎片》发表于《中国税务报》2014 年 2 月 28 日。

评论《强烈的军人使命开阔的诗意空间》发表于《中国艺术报》2014 年 3 月 17 日。

诗评《军旗的荣耀与光芒》，解放军出版社出版。

诗评《自由的灵魂与光影》，团结出版社出版。

诗评《回家与出家的心路》，长江文艺出版社出版。

诗评《放歌高原的赤子深情》，中国作家出版社出版。

组织由中国诗歌学会设立的"中国屈原诗歌奖"，颁奖会在湖北宜昌举行。

应邀出席十位将军诗词选集研讨会。

任第 6 届鲁迅文学奖诗歌奖评委。

2015 年

评论《离天空更近的是草根》，新浪博客 2015 年 1 月 12 日。

诗评《诗情洋溢在桑干河上》，作家出版社出版，2015年2月。

评论《掌心中的火焰》，发表于《泰山诗人》2015年春季号。

最后一次主持召开中国诗歌学会领导人总结和部署工作会议。

2月11日23时病逝于北京。

二、对李小雨作品的部分评论和研究文章

《读〈东方之光〉》，邹荻帆，发表于《文艺报》1986年8月。

《失控云·文化河·石浮标——论李小雨的诗》，马相武，发表于《诗探索》1998年第2期。

《〈大地辽阔〉简评》，沈泽宜，发表于《扬子江诗刊》，2009年07月05日。

《时空交错巧妙意境新颖深远——李小雨的〈丝绸之梦〉写作成功的秘诀》，王美春，载于《笔落惊风雨——写诗成功的秘密》，中国文联出版社2011年出版。

《"朦胧"的背后——回望李小雨诗歌的多样化特征》，罗小凤，发表于《上海诗人》2010年第6期。

《在现代与非现代之间——被诗歌史忽略的诗人李小雨诗歌之探》，罗小凤，发表于《解放军艺术学院学报》2011年第2期。

《略谈李小雨〈雪谷〉的诗美艺术》，载于民间文化网。

《李小雨诗歌〈南通〉成绝唱》，载于中国江苏网、南通网、《江海晚报》官方微信。